北非，摇摇摇

SHAKE SHAKE! NORTH AFRICA

中国桃◎著

上海文艺出版社

序言 preface.

流浪女王一步一个故事

安妮玫瑰

一个美丽的女人如果爱上流浪，是一件很可怕的事情。如果这个女人再有大多数人不能企及的野外生存和社会生存能力，更是可怕乘以可怕的平方事情。可这世界上偏偏有个叫中国桃的女子，她在这两者的基础上，还要加上文学范儿，16 岁出版的小说便被改编成剧本，获了 2002 年中央文化部影视广播剧奖。对于这样的立方型女人，我很嫉妒地判断她不是人类，是游历人间的天外飞仙。

一个姿色撩人的女子，一边流浪世界，一边享受食色，一边写作倾诉，这是多么令人羡慕的人生。在旅途中，到底曾发生过多少浪漫的故事，是世人随便可以杜撰出来的。可是，我确定没有多少人知道，这个女人曾历经生死爱恨，与寂寞和恐惧为伴，踏着自己身体被荆棘剐出的鲜血独自前行。

读中国桃的文字之前，是必须要做好准备的，因为中东、北非、开罗，这些本来很单纯的词汇，自从跟中国桃三个字聚集在一起后，会瞬间拧成六面飞速旋转的魔方，转着令人头晕目眩、犹如赤道般灼热的刺目阳光。

别认为你的人生和他人的人生没有什么不同，其实每个人的人生都不可复制，更何况中国桃这样人海中亿万分之一的女子。所以，唯有她的文字里能弥漫出神秘的气息，散播着诡异、独立和揪心，当然还有鲜明的香艳。毕竟她是用血来编织薄纱帷幔，用异域做背景，浅领低襟，半露香肩，吟诵着中国式性感。我必须提醒的一点是：中国桃的文字里，绽开的不是苹果的诱惑，而是神庙里石柱上沉甸甸的莲花。

我承认我被中国桃的文字诱惑了，在她的文字里产生了很多幻觉，甚至闻到了爆炸后空气中焦灼的惊恐味道。那到底是人肉，还是一只猫被微波炉烧烤过的味道？又是谁在慌乱地逃跑？是谁的疼也疼在我的心上？

中国桃，我猜，是你，你这个让人又爱又恨的流浪女王，总喜欢走在刀尖上，一步一个故事。

2010年11月30日于北京静水宅

01.

尤素夫，虱子脸。

谁说你能当头人？

水烟馆里没头没尾地丢出来这一段，说书人红白巾缠头，食指拇指间的指拨捏上几捏，呱呱响，又一段紧跟着顺下去。

这一段，那一段，混杂着肚皮舞的轻佻节奏、孩子们的哭闹、鸡鸣狗叫，不断挑拨着我和康晨濒临崩溃的神经。

我们手心里紧紧攥着石块，乔装成黑衣蒙面阿拉伯女子，快步穿梭在开罗撒哈拉丁堡对面死人城小巷里，各守一边，查找墓穴上的铭牌。

本来就像虫子爬一样的阿拉伯文，被写成变形书法花体，平日用阿拉伯语上天入地都不怕的我和康晨，这会儿识字能力却受到了前所未有的挑战。

开罗有两片死人城，一片是天主教的，一片是伊斯兰教的，原本只是家族墓葬区，就算有人迹，也不过寥寥几个守墓人。后来埃及经济状况每况愈下，无法生存的贫民们在这里搭起窝棚和危楼，渐渐在此处繁衍生息，才有了现在这番热闹景象。

死人在下，活人在上，铭牌上一会儿是活人的名字，一会儿是墓下死人的名字。而踩着尸体的活人们活得跟其他街区没有任何区别。

缠头大袍的大叔们坐在路边，抿着薄荷茶或者卡卡滴（用木槿花瓣榨出的埃及日常饮料，味道类似酸梅汤），一眼就透过黑纱看穿了我们的本质：

喂！美人儿，我的哈比贝，外国小骚货……诸如此类的词儿接二连三地响起。

看来韩剧小生康晨杨柳细腰没白给，扮成女人，立马被人调戏。

只是想不通，为什么不管穿T恤牛仔还是按照最严格的原旨穆斯林女子装扮把自己裹得密不透风，埃及人还是一眼就认出我们是外国异教徒。

我们准备充分，功课做足，特地到罕哈利利市场买了最地道的阿拉伯黑袍子穿上。但阿拉伯男人的传统服装不蒙面，掩护不了康晨的身份，所以我强迫他蒙上黑面纱反串，我们连露出眼睛的地方，都覆着精致的丝网。这样应该连亲生父母也别想分出谁是谁，可为什么我们还是一出场就穿帮了呢？是最传统的黑袍一定要穿黑鞋不能配粉红鞋子吗？还是我们的头纱围错了方向，风一吹就能看到脖子的缘故？

我们的出现让午后昏昏欲睡的死人城鸡肠小道顷刻躁动起来。

闲人们虎视眈眈地看着我们两个，起哄的声音一浪高过一浪。这是个血案频出的地方，群殴火拼不算什么，新闻里出现过的暴力事件不断闪现在我的脑海，不安和恐惧让我们的表情紧绷绷的。何况康晨还是典型的上海男生，细皮嫩肉，清秀消瘦，会讲道理不敢打架，不管我们在埃及的这些日子一起做过多么疯狂的事情，到了危急时刻到底谁保护谁还真说不准。

我回头张望了一下停在巷子尽头的陈年老车 beetles 1303，脚还在原地，魂已经逃回车里猛踩油门了，但愿关键时刻，这老爷子别又像前几次那样赖在原地动不了地方。

我深呼一口气，决定倒数三二一，拔腿就跑。

就在这时，康晨一把扯住我的衣角，眯起眼睛再次确认了一下石头铭牌上龙飞凤舞的阿拉伯语：找到了！默哈默德 · 法鲁克家族公墓！

02.

拉提夫 · 雅库比 · 默哈默德 · 法鲁克！

你个长着核桃屁股的埃及大怪物！

两年前遇见你时，我怎么没预料到会有攥着石头到死人城找你的这一天。

那时的我，怎么就被你的漂亮卖相迷了眼腻了心。

请原谅，我不能用漂亮以外其他的词来形容你，英俊需要贵族底气，美丽总是很沉静，帅气应该健康明亮，这些都离你十万八千里。

你只是很漂亮，漂亮得不能再漂亮，徒有其表，肤浅到可歌可泣的地步。

你只关心穿的衣服能不能让你看上去更漂亮，摆出的 pose 是不是让你更漂亮，压低了嗓音说话会不会让你更漂亮。我的化妆品你每一样都试过，挑最有效的抢去不再还我。就算你不甘心于做个金玉其外的大草包，时而摆一个沉思者的 pose，仿佛在思考什么哲学命题，但也只是个 pose 而已，其实你什么也不会想，满脑子自来水晃荡。

你这个爱摆沉思者 pose 的漂亮的埃及怪物，注定了作茧自缚，不能快乐。

而我是个贪恋男色的大龄圣女，在我的字典里，女人不会变老，只会更好，所以没有剩女只有圣女，我不爱优等生，不爱温良可靠，却总会被徒有其表或者露骨伧俗的东西吸引，并迷得神魂颠倒。

你我一拍即合。今生就是这样开始的。

于是有了那一天。

那一天，卢克索六月流火。

机场跑道外，满眼大漠黄沙。

少年时梦想的国度如此清晰可见，清晰到候机楼外墙上的一道裂缝，士兵鞋尖上的一只苍蝇，阿拉伯女人黑纱下露出的金色鞋尖，一一分毫毕现。

我走下飞机，放慢脚步，在看到你的一刻，心中腾起一种莫名的焦虑。

旅行社的人为了让我放弃只订酒店和机票的私人旅行计划，参加旅游团让他们赚多点油水，曾铆足劲儿给我看你的照片，把你吹捧成尼罗河及红海沿岸第一大帅哥，真不知道什么时候你替代金字塔和神庙成了埃及的一大风景。

其中有张照片，是你站在卡纳克神庙的壁画前，给游客们讲爱神哈索尔的故事。身后的壁画上，一个断手断脚的残疾壮男，长着一个巨大的黑色生殖器，生殖器常年勃起，像刺刀一样指向天空。

生殖，繁衍，性。埃及的精髓就在这几个词里。食物音乐舞蹈思维方式，都是从这样的本意延展开来的。而性的等价物，到底是爱，还是钱，那就看看你这个哈索尔的最佳代言人怎么说了。

尽管有思想准备，降落卢克索的我，看见你时还是愣了愣神。你以一种人神合一的状态站在北非的倾城阳光下，斜靠栏杆，墨镜漆黑，罗马雕像身材，牛仔裤紧紧绷着核桃式样的翘屁股，面容轮廓凹凸有致，如壁画上的君王，嘴唇薄削，唇色樱红，非常诱人。看到你的人，都会整个被性的暗示所俘获，你宽大多毛的手掌引发出一连串色情想象。

公平点儿说，你看上去并不轻浮，也没有任何挑逗的意图，你严肃端正地举着接机牌，却让我的喉咙干燥发甜。

那股之前就无法解释的焦虑和不安自动衔接，在我的血液里蔓延，我背对着你的方向，把自己掖在离你最远的一角，迅速架上超大号的蝴蝶墨镜。在这样的时候，我选择戴墨镜。

此日此刻降落埃及，不知为什么让我有无力的宿命感。

我慢吞吞地拿了行李，拖在队伍的最后面，希望不要引来你的视线。

百闻不如一见，拉提夫·雅库比·默哈默德·法鲁克！传说中，你有四分之一意大利血统，开罗大学中文系高材生，是 sphinx 旅游集团的导游一哥。经常被中国游客投诉，并且投诉的事情大多让人哭笑不得。

而我却在见到你的第一眼，觉得关于你的八卦都没概括出你最大的特质。

机场外阳光沸腾，尘埃的颗粒很大，各路司机小贩蜂拥而上，搅动起一股香料和羊肉膻味混杂的味道。

你走在队伍的前面，长腿一跨走得飞快，后面游客为了赶上你的脚步几乎连滚带爬，一边又被小贩纠缠，狼狈不堪，而你什么都不管，显然和中国导游周到体恤的风格大不相同。

走到大巴前，大家把行李交给司机，陆续上车。

你摆着时装硬照的 pose，把守在前门边上，我故意避开你，从中间的门上车，坐在大巴的最后一排。我全身都启动了防御系统，告诉自己要离你远点儿。我是块深谙楞次定律的磁石，希望把自己保持在与你之间最安全的距离。

车开动起来，你依旧没摘墨镜，你一开口，我就测出你的中文只是花拳绣腿的功夫。你用平仄不分只有第一声和第四声的普通话朝大家问好,自我介绍,然后径直开始讲要去的卡纳克神庙的故事。没有刻意讨好,也没有多少人情味儿,像个在博物馆里可以租来自动播放解说词的解说器。哼!像你这样的人是怎么当上导游的?那时我就开始觉得很不解,全埃及那么多愿意献殷勤、对外国人低三下四的男人都没来当导游,却偏偏让你这个愣头青当上了。何况,你连埃及一共有多少座金字塔都讲错,游客问个冷僻点儿的历史问题你就只能干瞪眼。

我早该知道所有让人觉得诡异的事,都是有猫腻的。

你得到这份在埃及绝对算高收入的工作,其中自有微妙之处。

03.

在去卡纳克神庙的途中,第一次真实地面对尼罗河。

大巴沿着河岸缓缓开过。河水冷光乍现,时光般深不可测,从废石和荒原中央流过去,红黄土屋,棕榈,炊烟,孩子们嬉戏奔跑。

午后的非洲大陆,绚烂斑驳中,紫外线的杀机四处暗藏。

我拧开防晒霜瓶盖,往脸上脖子上奋力挤出几坨 SPF50。

不料麦克风里传来你凶巴巴的声音:喂,最后一排擦防晒霜的女人……

你的埃及口音中文让我的耳朵很不舒服,女人这个词儿用得也不地道，但不耽误把我吓了一跳。我满脸通红，倏地停住手。

全车的游客都回过头来看着我。我脸上的防晒霜还没来得及晕开，鼻子上和额头上都是白色斑块，狼狈不堪。

你注意了，我讲过的内容不会再讲第二遍，等会儿你要是来问我，我是不会重复的。你还真的教训起人来了，并且对着麦克风音量调到最大，一点都没给留我面子。

我缓过神来，才不管脸上白一块黑一块，大声地回敬你：喂，埃及男人，你有什么资格这样对我说话？我是游客，我是你的客人知道么？我涂防晒霜怎么了，你们埃及太阳这么大，被晒伤你能负责吗？

大概埃及女人都习惯逆来顺受，不会像我这样针锋相对，你明显有点儿发怵。

这一刻，列侬已死，人类堕落，歌词被只有商业没有偶像的时代噪音淹没，但至少我知道今生就是这么开始的。

大巴里火药味儿渐浓，领队忙出来打圆场。

你回过神来并不善罢甘休：你这个女人怎么可以这样和男人说话？我从小到大没有女人敢这样和我说话。我要去投诉你。

游客们哄堂大笑，谁投诉谁呀？这算哪国规矩，哪有导游要投诉游客的？

领队是个好脾气的上海阿姨，拉住你，哄你继续讲解沿途风景，中国旅行社的人一看确认书派的地陪是你，都说一定要选个脾气好会和稀泥的领队，不然整个团非吵翻天不可。

你一手盖住麦克风，还没完没了：你们中国女人都这样和男人说话的吗？太不像话了，这样的女人怎么嫁得出去？

领队老阿姨半晌没再蹦出任何词儿来。

我原本想冲上去赏你一巴掌，不过想到我付了钱是来度假的，不是来打架的，要是打起来，肯定很快传到用心良苦把我送来度假的周南南那里，她又有话要说了。

横折勾，撇，点，点，竖弯勾，点，点——忍。

好的，我忍！

不过，拉提夫·雅库比，既然你号称是开罗大学中文系毕业的高材生，中国人有句话叫作“君子报仇十年不晚”，你总听说过吧？

04.

昏昏欲睡的街道尽头，慢慢走来穿藏青长袍缠白头巾的阿拉伯长者。

他瘦弱的躯干奋力抖了抖，挂在肚子前面一米多高的大铜壶钝重地跟着摇了摇，然后身子和壶叠在一起往一边斜了一点，再一点，然后他手里一个塑料杯子往壶嘴接过去，奶白的甘蔗汁不偏不倚正好倒了出来。

埃及的饮料自动贩卖机就是这样人工土法制造的，所有家当都在身上，随走随卖。虽然落后，但热带的甘蔗口味更醇浓，小贩会建议混些青柠檬或者薄荷，甚至还会介绍些奇怪香料让客人自己混搭，所以绝对不容错过。

我们的大巴在卡纳克神庙前一停下，我迫不及待去找大叔买了一杯，站在新王朝时期法老每天清晨带领臣民迎接太阳的地方，咕嘟嘟大口喝完，一抹嘴，大义凛然地看一眼你：哼，你小子等着！

你换了 pose，手插在屁股后袋里继续装酷，仿佛被牛仔裤品牌找去代言一样，站在神庙入口逐一发着门票，游客们鱼贯而入，你的手中只剩下最后一张，那是给我的。

你我都躲在墨镜后按兵不动，谁先出招谁就输。

视线是两条有毒斑的黑蛇，咝咝作响，一触即发。

到底是你够冷还是我够酷，拉提夫·雅库比·默哈默德·法鲁克？

过来！你终于开了尊口，语气分不清是在命令还是在邀请，你的中文还没到能灵活运用语气的程度吧。

我扬着下巴，纹丝没动。

你又重复了一遍：过来！

我走近你，在离你一米的地方一把抓过票，没有任何多余动作往神庙深处走去。

你三两步赶超我，扭着你的核桃屁股带领大家走过两排对称的狮身公羊像，又让大家在拉美西斯三世的宏伟雕像前听你调侃该法老的大奶二奶和小蜜们，之后我们穿过一排排巨型莲花石柱，来到了最经典的你的地盘——爱神哈索尔的壁画前。

你和身后的埃及爱神站成旅行社给我看过的照片上的角度，并以同样的骄傲表情赞颂这个无耻之神——他趁全城的男人出去大战保卫家园的时候,把所有城里的女人睡了个遍,因为睡过的女人全都怀了孕,所以被尊为伟大的爱之神。

你看看,这算哪门子事?

如果一定要封这种贱男人为神,为什么要封成爱之神?

你看中国人尊崇的古典爱情,牛郎织女式的,一年才能在银河相会一次,那么多仙鹤旁边看着,肯定没机会上床,而这种无性之爱,是被中国人尊为爱之典范的。

像哈索尔那样的男人,在中国怕是早该被阉了做太监去。别说封神,不下地狱就不错了。

为什么在最初的最初,我没多想想这个问题,没研究一下你的爱和我的爱,是不是同一个爱字。

来自世界各地的游客听完哈索尔的故事,都要在他的巨型器官上摸一把,时间长了那地方变得又黑又亮,更加震撼人心。

所有的中国游客都是强忍着笑听你讲解这幅壁画的,你洋相出尽,我比谁都高兴。

显然开罗大学的中文课上教生殖器这个词儿时你在打瞌睡,后来不知由什么野路子学来了现在的说法。你在讲解这幅壁画时,用了一个让所有中国游客愕然的词语——大鸡巴,并且你不会用轻音,用阿拉伯语发粗重喉音的习惯把这三个字一字一顿格外清晰用力地说出来,最后一个巴字还拉得很长,每说一次效果都惊心动魄。

这个爱神的故事又与生殖器有太多的关系,所以在卡纳克神庙的石柱间千回百转着“大鸡巴”，连隔着十米之外的台湾团都把脸扭过来看你。游客们的脸上有强忍的笑意，有些已有笑出声的危险，但毕竟东方人含蓄出名，没有人把心中的话说出来。

我不会告诉你这个词儿用在每个场合最妥当的说法是什么，我要让这个恶作剧源远流长，和法老的壁画一样万岁万万岁，哼！

当你用手点着爱神黑色的生殖器讲故事时，我轻轻按下了快门。

喀嚓！

05.

卢克索只剩下半扇夕阳，日暮时分，码头的石块被烤得发红，橘色的天空下，黑猫在棕榈树阴里伸了个夸张的懒腰。

星群已在悄然酝酿夜里的轮廓，六月将尽，南半球轮到哪个星座掌管夜空？

我的视线扫视着这个陌生的国度，脚尖在码头的石块上磕了磕，叼在嘴里的烟被姿宝打火机点燃。吐出几个小烟圈后，我仰头瞻仰着眼前的尼罗河公主号游轮。

白色的船身在水面上微微浮动，架梯延展，船员在入口迎接着准备登船的宾客。

船头悬挂着有待考证的金色女神雕像，光辉蛊惑地微笑着，像是在讲一个谜语，或者期待一个注视。

就是这里了！我的心中响起一阵轻轻的欢呼。

小时候在日本漫画、地理课本、旅游节目里，很多次被尼罗河吸附了视线，丝丝入扣的异样预感，觉得有某种亲切紧密的联系。

而一旦走入公主号的内部，像是虚实之间终于找到了可以衔接的那个点。我坐进底层的小酒吧里，点了一杯土耳其咖啡，一边等待办理入住手续。

一把古铜钥匙交给我，你的眼中藏着一丝小算盘打好后的狡黠。

我独自沿着漆成红色的旋转木梯，一旋一旋走上楼去。

房间红色帷幕深重，靠窗的地方是高出地面的木质榻榻米，躺上去，用脚拨开窗帘，整幅尼罗河河面正和房间的地面平齐，像是漂在大河中央一样。

一切都保持着电影里那种老派欧陆风情，白制服侍应生颔首问好的弧线，沙龙里打桥牌的老头把威士忌递到嘴边的弧线，贵妇人锁骨与珍珠项链的弧线，都是老派的黄金时代的。有些在欧洲大陆都已销声匿迹，但在尼罗河的五星游轮上却原封不动地保存下来，连很多称呼，都是以法文发音规则发出来的。

河对岸的村舍已经炊烟四起，绿洲上的田野棕榈有层薄薄的青色，土房子或灰或蓝白，所有的颜色都被柔和地调在一起。

一切美好，只是到午夜游轮起航的时候，才知道你在分配房间时做了手脚。为了报复我，你把马达声音最响的房间分给我，让我这个河东狮吼的女人别想睡好觉。

翻来覆去，绵羊数到脑海里的羊圈都堆不下。

我只好把沙滩裙的带子胡乱在脖子后面系上，走上甲板。夜风轻润，我手中的铜钥匙发出悦耳的声响，非常十八世纪。

风很大，星空触手可及。

游泳池里有动静，你破水而出的姿态，堪比维纳斯。只是，你是穿着衣服游泳的，听说伊斯兰教认为裸露身体是羞耻的，所以没让我这个好色之徒占到半点便宜。

我装作被夜空吸引视线，不曾看见你。你水淋滴答地从我身边走过，而后在我的身后倏然停步。

我一动不动，也没回头，我倒想看你在我身后能鼓捣出什么名堂来，是朝我吐舌头扮鬼脸，还是朝我鞠上一躬？

哟！不好，你多毛的大手伸到了我的后颈。

我感觉到我沙滩裙绕在脖子后面的带子被解开，血立刻往头顶涌。

连呼吸都忘了。

你放肆地捏了捏我的后颈，像要拎起一只猫。

之后带子又被轻轻系上。我彻底懵了，你这埃及怪物玩什么把戏？

我打的蝴蝶结是世界上最好看的，真受不了有人把带子系得这么丑。

你在我身后说着没有卷平舌只有第一声与第四声的中文。

我相信那时你的嘴角闪烁着一个戏谑的笑容。

然后你利落地拉开门走进船舱，留我一个人在夜色里。

今生就是这么开始的。我就听到这句歌词从尼罗河的深处响起，如同水妖的蛊惑。

后来我在镜子里看到你在黑暗中给我打的蝴蝶结，挺括丰盈地开在我的颈后，每个细节都无从挑剔。果然是力求完美的处女座的人干出来的活。蝴蝶像是随时会活过来，扑动翅膀，飞向法老的后院，法老和王后正在树阴里下棋，王后的手中拈着一枝无花果，灵猫从脚边倏忽窜过。

你的蝴蝶结，总是仿佛要飞到什么地方，带着一些对现实的不满和失望，想要飞到某个可以让梦想栖身的地方。

那么美好，我想给你一枚小硬币，或者，以身相许。

06.

第二天早上，在去游轮餐厅吃早餐之前，我反复检查了全身，直到确保身上没有需要系带子的地方我才走出房间。

我不敢离你太近，看到你时，海洋倒流，蛇穿上刚褪下的皮，蝴蝶恢复茧的形态，稻谷退化成种子，血液脱离地心引力直往天上涌。

只要你在我方圆万里之内，就能感觉到一种五脏六腑血肉皮肤的力学作用，仿佛只要走到一个特定的距离，两个人的皮肤就会凸起，像吸铁石一样吸在一起。

你可以让方向盘失灵，让我的身体磁化，全部功能失调。

昨夜你打的蝴蝶结已被拆散，可我却从此总觉得后颈上叮着一只，看不见，扑闪着夹杂血丝的银色翅膀。

按行程，那天我们进入沙漠深处的帝王谷，需要坐一段电瓶车才能到达腹地。

仅仅是十分钟左右的一段路，我独自坐在车尾，忽然挤上来三个卖石头雕像的小贩，他们喋喋不休，每个小雕像开价 100 美金，简直疯了。

为了买个耳根清净，我以 200 埃镑三个成交。

谁知小贩拿了钱转身就要跳下车，根本就没有把雕像给我的意思，我一把揪住拿我钱的那个，叫他要么还钱要么给我东西。我可是来自以男人烧饭买菜做家务为美德的上海，不是好欺负的。

他不给，嬉皮笑脸，寻找逃脱的机会。

我的声音开始提高八度，在这样的时候，我向来不会善罢甘休。

忽然一声呵斥从车前方传来，我回过头，发现坐在车头的你已经跳下车，朝我坐的车尾跑来。你长腿大步，敏捷一跳，精准地降落到我的座位旁边。

小贩还在做最后努力，被你一把推下车去，然后你又用埃及土语狠狠教训了他们一通。你吼人的时候绝对和当阳桥头的张飞有得拼，足够独自吓退敌军一个团兵力。

等你吼完，大事不好，只剩下我和你。

有三秒钟的静寂无声。

滴答。滴答。滴答。

有点慌了毛了乱了的傻里傻气。

看在你英雄救美的分上,活动眉眼,赏你个我的侧脸27度招牌笑容。

自此你就在我身边坐下来。

接下来我一时脑塞,竟然鬼使神差地说:教我几句阿拉伯语吧,比如亲爱的怎么说?

我也被自己这么不害臊吓了一跳。

你一本正经地告诉我:你叫我亲爱的,应该说哈比比,因为我是男人;但如果我叫你亲爱的,就应该说哈比贝。

我又接了一句,那我爱你呢,在埃及语里怎么说?

你这下坏坏笑起来,说:这也太快了点儿吧,刚认识就要说我爱你。中国女人不是很害羞的吗?

我当场气结。

你却来了劲,道:如果你这么不害羞的话,就嫁给我吧,我出一万匹骆驼当聘礼,怎么样?

我被你逼急了,不客气地回敬:是谁在车上说像我这么凶的女人肯定嫁不出去的?

07.

前面说的,都已经是一年前的事了。

现在的我只能换着调子来回忆我和你之间的陈芝麻烂谷子,一会儿像是王朔,一会儿又变调杜拉斯。但不管用谁的风格,我都说着说着就难过起来。

除非我切换到古典爱情的调子上来回忆,因为这样做的时候,你才未必是拉提夫·雅库比,这个故事也未必是典型有关埃及的,我们被抽空了,包扎在没有时态与背景的环境里。

在古典爱情的腔调里,你不会有埃及人典型的一根筋驴脾气,也不会有人骂你是斋月里和外国女人鬼混的无耻之徒,没有乌咪催你去罕哈利利市场买香料,也不会有秃头大胖子对你上下其手。

只要我们是静态的,没有过去式进行式将来式,我们就可以是完美的。

而注入了空气,注入了时间,我们就成了王八蛋和小婊子。

来段古典的吧。

阳光慢慢照亮壁画上的传说,石柱上的纸莎草花盛开,我遗失在自己的步伐里,观赏每一个神迹的细节,并不自知。

时间模糊,我沉醉于法老密室的一件蜣螂图腾。

你寻找的步伐停留于石门外的光影。你的眼睛有天地之间最美的颜色,在密室的门口像是君王佩剑上最耀眼的宝石。

你走近,我喜悦而羞涩,你有力地用手指扬起我的下巴,注视我的面容,不容我有任何闪躲。

你低头啜饮我的唇,我为你而香甜如蜜,更深地埋藏进你的身体,你的拥抱繁华盛大,食指轻轻划过我的背脊,留下几条酒红色的线索。

你是最漂亮的,我的埃及之王,我等待你的眷顾,已经千万年。

我们可以得到神的祝福吗?

黑暗深处,玛特女神悄悄举起决定命运的羽毛。

08.

咔哒,旋钮被拧到30分钟,温度250℃,午夜的微波炉炉膛大亮,发出橘红色的光芒,托盘滴答转动,时间的刻度精准移动,被高温加热的东西嗞嗞作响。

时间一分一秒地过去,空间里浮满诡异的香气粒子,但是无从判断是哪一种香。

叮的一声,一切就绪。

我站在渐渐暗去的微波炉前,一时却记不起自己曾经把什么放进去。

又叮了一声，微波炉不耐烦地催促我打开炉门。

于是，炉膛大开。

托盘上不是 cheese pita，而是在开罗陪伴我左右的俄罗斯小呆猫瓜瓜。

它被微波转了多久没法考量，反正现在它被烤得又干又扁，可以当薯片放进嘴里，嚼一嚼香脆可口，两只眼睛蹦出来，焦成葡萄干的样子。

在我倒抽冷气的瞬间，它从头颅开始，一直到脖子、身子，像山体滑坡那样瘫痪成细碎粉末。莫名的风吹来，粉末沾满我的全身，钻进我的鼻孔……

我尖叫着惊醒，冲到卫生间里呕吐不止，打开淋浴不断地清洗自己。

之后确认自己独自在开罗公寓里，又一个六月，草长莺飞，离我们卢克索邂逅已经一年，离我们的开罗婚期还有六个月。

而你和我在上海吵翻后，手机却一直不在服务区。

你对我说过的最后一句话相当于乱码一堆。

当时我的阿拉伯语只会念字母，可以说几句我爱你我想你之类的屁话，而最后那句话到底是什么意思，却是千古之谜。

窗外是玛阿帝 15 街没有路灯的夜色，尼罗河就在大片古木之后缓缓流过，天亮之前只是一条亮色。

我踉跄摸索着回到房间，在黑暗中打开床头的笔记本电脑，开一个 word 文档，舞动手指，劈里啪啦地打字：

拉提夫·雅库比,你个混账王八蛋,我恨你,我恨你,我恨你,我恨你,我恨你……

一遍又一遍地骂下去,直到自己泪流满面。

再度睡去。

09.

微波炉连环噩梦再次出现。

第二日清早,我头昏脑涨蓬头垢面心慌意乱没心情洗脸刷牙,后来证明在这种状况下出门,注定要被康晨撞个正着。

那个清早我独自去玛阿帝新区的 LA SILKI 大街。

每天的第一杯咖啡前后我判若两人,只要一天的第一杯咖啡没喝到嘴,我几乎是在地狱的泥沼里挣扎,神志不清,邋遢抑郁,只有咖啡因顺利进入我的血液之后,我才慢慢回到人间,觉得一切都可爱起来。

对于咖啡因的依赖,要感谢我的摩登父母——就是在我四岁那年,在全中国老百姓普遍只穿黑白蓝的背景下,送了我一个哥特式魔法盒作为情人节礼物的摩登父母。

我的摩登父母的前卫突兀一句半句绝对说不清楚,还是单说说我的咖啡瘾。

我几乎是从断奶开始没有任何过度直接喝咖啡当早餐的,这大概也是为什么我身高没到1.8米，国际T台少了个代号Vichy. L的东方脸，咖啡使人缺钙、骨质疏松，最近还有研究表明多喝咖啡胸部会变小。但我的摩登母亲不是这么说的。

在我不舒服的时候，她不会找药箱，而是会端上一大杯咖啡，她说咖啡是万能药，头疼，胃胀，痛经，便秘，感冒发烧，嗓子疼等，都可以用一大杯咖啡解决问题。想给自己添点欧洲田园风情，多喝咖啡多长点雀斑就可以做到。

在我的gay朋女友们成天研究李嘉欣的减肥食谱时，我却从来没为卡路里担心过，只要好吃我就悉数放进嘴里，反正过后一杯咖啡下肚就消化了，甚至可能马上又觉得饿了。要减肥，喝咖啡。可惜我手头操作过的广告客户多为化妆品和奢侈品，要是有咖啡相关客户，我肯定不用构思就能出提案。

另外咖啡对于调节我的情绪，效果也立竿见影。我不开心的时候，我的摩登父母不会来多问我怎么了，只会问一句：要不要来杯咖啡，特浓的？

事实上，他们总是对的，超前于任何时尚传媒，他们对于新事物，总是不学就会。

咖啡因确实比心理医生靠谱多了。

所以当我的心水宝贝俄罗斯猫也在连环噩梦中进了微波炉之后，我一大清早没头没脑地满大街找一杯咖啡来救命。

头昏脑涨地开车仔细把LA SILKY大街搜索了一遍，貌似有意思的都还没开门。我判断有没有意思,先要看看它的外墙是否有神秘感。

只有一家叫 Cheers 的咖啡店里有人走动,但透明的玻璃墙显然不符合我的口味。我喜欢的咖啡店一定要有可以沉溺的角落,没有直射的光线,却可以拿出小手札来写字看书。

此刻顾不得那么多,我急需一杯咖啡和一份早餐来解决噩梦后遗症。

推门进去,里面大清早放的竟然是夜场里的劲爆迪斯科,埃及就这么没时间概念。一句阿拉伯语的早上好,可以从凌晨三点用到晚上八点,见面都是这句。

两个穿紧身亮片衣服的埃及小帅哥在吧台后忘情舞动,我非常后悔没能稍微忍耐一下,自己在家里煮杯咖啡,却没头苍蝇一样在街上乱窜。

但他们已经注意到了我,我只好既来之则安之,找了窗边的座位坐下。

还好,他们够识相,关了音乐,换上一副大清早该有的表情来点单。

20 分钟后我喝到了这天的第一口咖啡,double cheese 在盘子里温热冒香。

我整个人这才被激活了。

一辆半新的白色皇冠在我的视线正前方悠然停下,和我仅隔着一层窗玻璃。

一个中国男孩下了车,因为穿着西装,我的大脑内存没找出相对应的熟人,再看一眼,细皮嫩肉,眉目悦人,在这粗糙的北非大陆,除了来自上海的康晨还有谁有这样的韩剧脸呢?

可能因为咖啡因还没发挥作用,整个人还在混沌状态,老清老早看到他我老开心的,忘了自己蓬头垢面脸没洗牙没刷,一下子冲出店外大喊一声他的名字,可是他走路步子很快,已站在马路中央。

车流喧哗,我朝马路移着步子,连续喊着他的名字,不料一脚踩到发呆野猫的尾巴上,猫先生发出一声埃及口音的惨叫,歪着脑袋瞪着我。我连连作揖,对着发飙的它说对不起,又想起来这是在埃及,猫先生该说阿拉伯语,于是又改说"阿富万""阿富万"。

康晨已经过了马路。

我又连忙拿手机拨他的号码,他的背影继续匀速放松地按着他的目标过了马路,虽然没穿CK,不过走路的姿势也还是很CK的,走进对面的写字楼。

我只好回到咖啡店里坐下,这才意识到,自己的举动实在夸张,脸上没有半点胭脂,倒可能有一粒眼屎,幸亏他木知木觉,不然被他看到我现在的卖相,在开罗就做不成美女了。

我拿起double cheese奋力咬了一大口,决定迅速撤离现场。

手机就在这时响起,不好,康晨看到手机上的未接电话回拨过来。

我手忙脚乱,差点儿打翻咖啡杯。犹豫地接起来,他听说我就在对面,自然说要过来一起坐坐。

我磕磕巴巴说自己已经准备走了,要回家了,下次吧。

他说那也没关系,一边说着,已经从马路对面的办公楼重新出来了。

完了完了完了完了完了……

我手心里全是冷汗，闪进洗手间看看还能不能补救一下形象。等我出来，康晨已经在吧台把我的单都买了。

我急得想跳进洗手间的马桶，被冲到下水道里去才好，没刷牙没洗脸，这样的状况怎么能见人呢，何况他在我眼中还是韩剧小帅哥。

我只好扭扭捏捏地避免正面对着他。在日本漫画里，我的脑袋上肯定被画了一溜的大颗汗珠。

他肯定刷过牙洗过脸，穿着西装，风度翩翩。笑的时候，唇红齿白，很像韩版 F4 里的金贤重。

在账台结账完毕，不忘走到我身边，轻轻俯身把 5 块埃镑的小费压在烟灰缸下。

竟然有人细心到如此地步，连这种前台结账的单，都记得来桌子上另留小费，我连和他一起坐下的机会都没给。

我禁不住咬了咬自己的下嘴唇，并不是为了让我的嘴唇看上去诱人美好，当我这样做的时候，一般来说，我是在很复杂的情绪里。

怀疑他不过是动用了做销售的职场人士安抚客户的惯用伎俩，大学里我的专业是市场营销，辅修广告学，老师传授的秘籍就是人性化地从小事情入手去打动客户，送礼物和请吃饭之类还是初级，搞暧昧和私交化才能为商业带来更多利益。

但我心里还是被这 5 块钱小费温暖了一下。

我一直讨厌被照顾的感觉，因为，因为，因为，我连因为什么都说不出来。

10.

手机里之所以有韩剧小生康晨的号码，要追溯到波斯湾上空。

卡塔尔航空公司的航班周到舒适，从保暖的羊毛袜到耳塞眼罩等一应俱全，多媒体娱乐设备也属航空公司中的顶级水准，于是登机之后，我暂时忘了身处的困境，沉沉睡去。

飞机继续穿越在浩瀚沙漠的云层之间，我的黑夜，你的黎明，谁的半梦半醒，都没了界限。

时空开始浑浊，似曾相识的微波炉滴答声响。

那股不明就里的香气又搅拌在空气里，越来越浓。

无影也无踪，
我是股芳香。
活跃和消亡，
全凭一阵风。

是谁的声音在吟唱？青铜质地，艳丽，鬼魅，细若游丝。

来自古老图书馆尘封的诗篇，读到的人们都讳莫如深，只有诗人自己洋洋得意。

叮的一声。

我又站在渐渐暗去的炉箱之前,一时却记不起自己曾经把什么放进去。

午夜的微波炉恶作剧地又叮了一下,提醒我快快打开炉门。

我仿佛想起来了,曾经在里面被烤成粉末轰然溃败的东西:秦教授日本漫画中刻出来一般的手,被烤得失却一切水分,骨头酥脆冒香;装满生活和回忆的电脑硬盘,来不及做任何备份,被微波炉转了数分钟后惨烈报废,所有的字句与影像,从此等待时间的涂改。曾经的天空是土耳其蓝还是玫瑰灰?人们是似笑非笑的表情,还是没心没肺地笑出声来?

微波炉要消灭的,正是这些重要的线索与证据,以及所有我认为有意义的细节。

我捂住眼睛,尖叫着连连后退,而微波炉却卷起旋风,呼啦啦,我身边的一切都被吸进漩涡之中。我拉住厨房的门框,死死不放。

救命!即便偶尔有些小无聊,不知道活着到底是为了什么,但还是贪恋这副行尸走肉皮囊,精心保养,SPA 热石各色精华护肤品,强迫症似的三个月去做一次全身体检。总还是眷恋的,眷恋那些最俗气最甜腻的东西——美食美景美男,这就是我的无奈与可爱。

要活,要活,半死不活也要活!

不能进微波炉!

在生死攸关的一刻,我腾地在座位上惊醒了。

我把眼罩推上头顶,迷迷糊糊地确认了一下自己的坐标,是在卡塔尔航空飞往开罗的航班上,冷气过分充足,乘客们睡得东倒西歪。座位号23A,面前的小屏幕上显示,我们正在波斯湾上空。

我习惯性地要摸出笔记本电脑,打开word文档,劈里啪啦骂你个狗血喷头。

但干什么都拖沓在最后的我,登机时头上的行李架早被放满,电脑包只好放在对面的行李架上。于是踮起脚,吃力地打开手提行李橱门,包很重,我又不够高,拉出一半的包径直砸了下来,不偏不倚,正中垂直下方座位上的人。

咚的一声钝重有力,出人命也不稀奇,我闭着眼睛不敢看。

被砸到的倒霉蛋儿正是康晨,比我小三岁的上海男孩。

他清瘦,细长眼,眼角紧扣,线条冷锐,皮肤好得吹弹欲破,全身只有黑白两色。还有,疑似金贤重。

交换联系方式的时候,已经初具冠冕堂皇的规模,即便我失魂落魄,他头顶肿包眼冒金星,我们也能保持一种礼节性的优雅:留个联系方式吧,若是被你砸出个三长两短来,也好找你负责。

11.

我们走出开罗机场，燥热未尽的北非黄昏，忽而像是为我们埋伏已久的 surprise 欢迎派对，所有的宣礼塔轰然响起，开罗顷刻间有了禅意，黄昏一轮的祷告开始了，来不及去祈祷室的男人们，就地跪在马路边，面朝麦加，虔诚地闭起眼。

我和康晨推着行李有点儿无所适从，举目四望，数目惊人的卫星电视天线，在老建筑屋顶与天空之间织起一层支离破碎的网，一切如此陌生迷离。

宣礼的声音一旦消逝，整个城市又被此起彼伏的肚皮舞舞曲风格的手机铃声、计程车电台聒噪、小工的哼唱包围，感觉上截然不同的两个世界。

终于找到我的欧摩尔先生非常识趣，看到我身边的康晨热情问好，并没有叫我雅库比夫人，而是叫我薇奇小姐。

后来遇见的陌生人和他一样，不知为什么都会第一时间觉得我和康晨之间有点什么。

我相信这是磁场的问题，一个男人和一个女人往人前一站，是有什么还是没什么，怎么掩饰都是徒劳。

康晨自有 H 公司北非代表处的车来接，我们没有刻意道别。

夙愿淋漓，无法回避。我们在异域风沙里，脸庞缥缈，说再见的时候，都笑得碧绿藏青。

这是2007年的春天，我的手边是三只Rimowa最大号艳红行李箱，箱子的某一角揣着我价值一万匹骆驼的埃及婚约。

12.

直到康晨的车扬尘而去，欧摩尔这才改称我雅库比夫人。

我喜欢这个头衔，不管和你之间断了联系有多久，留得这个头衔在，才不至于觉得一切是一场白日梦。

老先生清了清嗓子，似乎要宣布什么重大事件。

雅库比夫人！您托我查的地址，我已亲自去过，那里三年前发生过一场火灾，房屋被烧毁，此后一直无人居住……仅凭您给我的这些资料，我没法找到拉提夫·雅库比先生。

按事先商量好的，我已为您找好住处，也在开罗大学帮您注册了课程，但需要先去语言测试。

开罗的各个区氛围大不相同，各阶层泾渭分明，一般外国人不是居住在尼罗河中央的扎马里克岛，就是住在郊外的玛阿帝。我为您选的是玛阿帝，因为有中国最大的电信H公司和Z公司非洲总部，从按摩足浴到卡拉OK应有尽有，中餐馆也很多，上海菜、湘菜、东北菜都很地道，我认识的中国朋友都说比你们国内的味道还好。

您想得好周到，多谢了。我心不在焉地应着，慢慢走过气味陌生的人群，去停车场。

您今天先休息一下，雅库比先生的事，我们以后再谈。

我早已预感如此，倒是没有更多惊诧。

开罗盛夏，饱满流油。

13.

开罗，开罗。你的城池，你的国。

阿拉伯文字的霓虹也闪烁动人，电影院的海报上有长得很像你的明星脸孔。

没有车门的公共汽车横冲直撞，上世纪70年代的破旧老爷车当仁不让，橄榄色皮肤的人们随时随地吹口哨拍巴掌。

没有红绿灯的马路，该谁冲过街口，该谁停下来等候，没有数，没有谱，一切天马行空。

路边的街灯，天黑全盘熄灭，天亮灯火通明，又是什么逻辑？

一旦进入玛阿帝，植物气息渐浓，湿度和温度都和开罗其他区相去甚远，只要不是在233街和9街这两条主要商业街，行人极少，有着欧洲乡间小镇令人发指的静寂。

来到15街时路灯已全盘熄灭，我被冷光投射下遍铺黑丝绒的首饰橱窗吸引，一条幽冷断臂赫然高悬，上面挂满古铜和混合工业材料做成的涡旋首饰，一个留恋万圣节的女子装扮成女鬼的模样，在断臂前神经质地走来走去。

同一时刻，欧摩尔老先生猛然发现这是一条单行道。

晚了，已经太晚了。

我们已激起一浪接一浪震天的喇叭声和咒骂声，在迎面而来的车流中，不知如何是好。

身为埃及人的欧摩尔老先生竟然满头大汗，差点把油门当刹车，手忙脚乱地换挡、倒车，还要不停地说抱歉。

终于倒出15街街尾，我们大舒一口气，把车靠边停住。

我上下左右一番精密检查，并没有发现任何单行道的标志。鬼才知道哪一条是单行道，哪一条是死胡同。

老先生抹抹鼻尖上的冷汗：雅库比夫人，这里是开罗，别拿上海和这里比。

14.

Oops!

15街13号。

真好,像我这样13点的人就该住这个门牌号码。BTW,我靠广告案营生,从不朝九晚五,只卖idea,不13还真做不了这一行。

住下来后随之而来是更多的出人意料的情况。

瞪圆眼睛,把嘴巴张成一个O,是用到最多的表情。文化和习惯不同,又没有任何标识,所有的事情都显得诡异,不能凭经验和逻辑去判断。

坐出租车,司机全都不认路,而作为乘客的我倒理所应当精确说出路线,如果我说不知道,就会被骂得灰头土脸。

买东西,比如总价55块埃镑,我为收银员着想,付一张100块和一张5块,在国内这是很正常的,对方可以找我一张50块了事。但是,这里是埃及,我得到的是一个大白眼,然后那张5块被退回来,四周的其他埃及人也都一样嘲笑我数学怎么这么差,付55元的账竟然一张100不够,还要再加张5块。最后收银员左拼右凑了45块交给我。

又有一次去一家小杂货店,买了很多日用品,我目测了一下,早已速算出总额。谁知小伙计数学太差,退回我的大票,要我一件一件付。洗衣粉,3块4,我就递上3块4;葵花油,11块,我就递上11块。足足付了半小时,才把林林总总结清。我出店门时仔细记下这家店的门牌号码,愤愤然,以后不管这里有世界末日的最后一袋米还是一瓶油,我都不会再进来。

公寓共有五个卧室三个厅,我一个人从这个房间走到那个房间,不知有什么必要。我一个人要这么多房间干什么?

欧摩尔先生到底游历世界各地,知道埃及的国情实在和一般国际上的情况相去甚远，来看我时还是用那句话来安慰我：雅库比夫人，这里是开罗，别拿这里和上海比。这里每家生四五个孩子不稀奇，而且孩子们不会像中国的年轻人那样工作了就搬出去自己住，很多人一辈子和父母兄弟住在一起，要找中国那种小公寓非常不容易。

好吧，五个卧室三个厅四个阳台，就这么着。接下来还要对付尺码不对的镜子和锅台。

埃及人个个长得人高马大，公寓层高吓人，卫生间里的镜子我踮起脚也只能照到半张脸。我只好买了个有底座的体重秤放在镜子下边，每次要照镜子就得站上去，我想对自己放松要求都不行。

厨房的锅台也到我的胸部，如果没菜下锅，只管把脑袋一低，就可以油炸美女头了。不过我对烧饭做菜一窍不通，原本还想研究下埃及菜怎么做，拉提夫影子都没了，我也没有必要去学了，锅台充其量只是个摆设，也就不管它实用不实用了。

奇怪的东西还有很多，比如阳台上有一个拴了登山绳的竹篮子，这是用来干什么的呢？不久我的邻居们就为我做出了示范：YE——艾哈迈德。YE 是埃及语里的象声词，类似于中文里引起别人注意的“喂”。艾哈迈德是门房的名字，开罗每幢公寓都有个门房，负责从帮忙拎东西到跑腿的各种杂事。之后这种竹篮子就从阳台上放下去，里面会附一张购物清单，鸡蛋多少个，可乐多少瓶，通心粉、大饼各几袋。

但别人家的篮子是用塑料绳拴的，我家的却是隆重的登山绳。

假以时日，我最终明白，存在的，总是有道理的，只是别太较真就好。

无论如何,玛阿帝15街的公寓,成了我在埃及的家。

我去附近的花店里买了巴西菊和鸢尾,又去市场上买了两块色彩鲜艳的阿拉伯地毯铺在客厅和卧室。在一个工艺品店里,还意外发现几幅古董埃及老电影海报,显然是黄金时代的产物,和近年的埃及风气不同,几乎都是男女亲热的画面,也好,正适合放在我独守空床的卧室里,于是选了一幅女人把烟递到男人唇边的,有种缠绵过后奄奄一息的情绪。

怕麻烦又怕孤单,所以抱了一只呆呆的俄罗斯猫回家,因为卖家说此猫不爱动,把她放在哪里,她就待在哪里发呆,直到下次有人去帮她换个地方为止,是十足的呆瓜一个,于是取名瓜瓜。卖家还说,这猫长得和我很像,脸又圆又大……得得,这是我一天中第N次听到这种赞美,以前每听拉提夫说一次,我就气得眼泪扑哧扑哧往下掉。好好个姑娘,谁不希望听人赞我脸又小又尖,不像张柏芝像贡米也好,偏偏埃及人非要把人往大饼脸里推。

用水笔写了花体英文的雅库比夫妇名牌,嵌进大门上装饰过剩的雕花铜框里。端详了两眼,有点儿自欺欺人的小甜蜜。

雅库比先生今天不在家,雅库比先生很快就会回来……

在买每一件东西的时候,都忍不住想象拉提夫和我一起生活于此间的景象,可以模仿电影海报上的样子在阿拉伯地毯上亲热,瓜瓜在一旁陪伴,植物的气息芬芳,窗外也许是清晨,也许已黄昏,锅里正炖着拉提夫最爱吃的加了黑扁豆和埃及香料的小羊腿肉。

咕嘟嘟，锅开了。别管它，只要乖乖和我躺在阿拉伯地毯上，亲热到炉子爆炸，山崩地裂。

15.

时差的关系，来到埃及的最初几天总是睡得很少。

15 街上时而有精力过剩的小伙子们把车随处一停，调大音响放埃及 pop 天王 Amr Diab 的快歌，还围着车子又叫又跳。

就算这些小子们饶了我，还有凌晨无聊的人猛按一阵门铃，然后迅速逃跑。其他种种不明来历的声响也让我睡不安稳。

还好，长夜漫漫，终有尽头。

阳光刺透薄雾，清晨的风里挤进几滴荷花香精的味道。古木连绵的玛阿帝上空，两只黑鹰徐徐而过。不知哪种鸟从圆圆的肚子里发出咕咕的叫声。

我光脚站到阳台上，母夜叉样扯开嗓子，喊门房的女儿扎伊娜，声音大得像唱山歌，然后用同样的分贝让她为我准备一份地道的埃及早餐。

这样住在屋顶帐篷里的她就足以听得清清楚楚了。

不是我野蛮，而是这样扯着嗓子喊，是开罗通用的做法。

YE——艾哈迈德，我家的水管堵住了。

YE——扎伊娜,我家地毯要找人来洗。

YE——

虽然从第一次和我打招呼开始,门房的女儿就明显不友好,但我理解为她终日坐在公寓楼前无所事事的徒然感伤。额外做事,我在小费上都不曾亏待她。我要她办的事,她也都不曾怠慢。

不一会儿,富尔蚕豆酱、茄子色拉、热大饼和一杯土耳其咖啡就放上了我的阳台桌子。

我用手撕下一边大饼,在蚕豆酱里蘸了蘸,仰头送进嘴里。

楼下,欧摩尔老先生已老远朝我脱帽致意。

按原计划,今天是开罗大学进行语言测试的日子。

我定睛再看,发现他给我弄来的,是一辆 galloper V6 吉普车。停在 15 街的树阴下,像是变形金刚跟着 Sam 回家来找原力魔石一样。

犯不着这么夸张吧。我的脑袋里已经开始计算油钱。

他摇头又撇嘴,虽然在德国留学和工作让他有了德国机器式的时间观念,但仍改不了埃及人肢体语言夸张的特点,总让我觉得是得了多动症一样。

他朝我晃了晃手中的车钥匙:先开几天试试再说这话吧。

欧摩尔老先生告诉我,必须先过语言关,才能开始专业课。而开罗大学的语言培训机构在纳赛尔区,通往那里的路有两条。

第一条,生死疾速,需要穿越无人沙漠、一片伊斯兰教死人城和一片天主教死人城,途中如果开错,就一下子岔到通向叙利亚边境的公路去了。

第二条,美丽人生,沿着姆斯塔法那哈斯大街一直开,沿途可以尽情观赏默哈默德阿里清真寺的山顶城堡和各色琳琅店铺,走在这条大街上的埃及女子年轻时髦。只是这样我就必须早起两小时来应付交通堵塞,还不如干脆杀了我吧。

因为在上海时请上外阿拉伯语系的小秧在家学了半年阿拉伯语,我不甘心从 0 级基础开始。于是从生死疾速开车去学校进行分级考试。

我想如果尝试过生死疾速,知道到底凶险到何种程度,那么最后选择每天早起由美丽人生上学也就无憾了。

准时到达测试部,却被前台告知等“两分钟”,埃及的两分钟到底是什么概念,我很快就会知道。

一个从上到下蒙黑纱的穆斯林女学生和我坐在长凳上等待,面面相觑,我感觉到黑纱下有双好奇的绿眼睛。等我和身边的蒙面女孩把祖宗八代到八竿子打不着的娱乐八卦都清点一遍,正要开始没话讲的时候,德高望重的语言教授终于出现。大胡子,大袍子,包着头巾,戴着哈利波特式的圆眼镜,但他一开口说话,是标准的牛津英语,给我做评估的方式也非常科学和国际化,他颠覆了我长期对于穿传统穆斯林服装的人的印象。

他的评估结果是,小秧老师之前教我的发音相当有问题,阿拉伯语里关键的喉音和摩擦音我都不过关,但我的词汇量和语法已经可以直接上二级,只是要额外加私人课程做语音矫正。

于是,我在开罗的学生生涯开始。每天上午去语言学校补语言,专业课程则去市中心的 K 大主校园。

16.

其实不管是走生死疾速还是美丽人生,都要在找到空位停好车后,准备好迎接从停车场走进学校教学楼这段路上阿拉伯男人们满嘴的"我爱你""我想你""嫁给我吧"之类的口头骚扰,还要同时注意街头小孩子们丢来的小石头和易拉罐。

上学之路如此凶险,进了教学楼又是一场无声战役等着。

报到第一天当头棒喝,在埃及男女是分开两个楼上课的,也就是说,根本没机会一边上课一边和小帅哥们眉来眼去了。

我无精打采地推开女留学生部教室门,和埃及女人的斑斓头巾面纱不同,我的同学们清一色全身黑纱,连眼睛都蒙了细格丝网,她们的目光齐刷刷朝我扫射而来。

她们全身只有一双眼睛能被外界看到,所以显然格外用心地描了又描,粗黑眼线自不必说,还用闪得人头昏的五色荧光眼影扑满眼睑。可想而知当 N 道这样的目光扫过来时,效果有多震撼人心,我被看得牙齿发颤,局促不安。

她们看着我裸露的莹白小腿,互相交换着眼神。其实我已尽力入乡随俗，在短裙里穿了七分打底的legging，在上海时我就算真空上阵都没有半点惧色，这会儿她们人多势众，我站在原地，不知如何是好。她们的姿态一个个都骄傲矜持，虽然来自世界各地，却此起彼伏地用阿拉伯语感叹着"愿真主保佑"。

吱呀一声，门被推开，进来的女孩剪着少年维特的俏皮短发，发色微红，小巧的尖鼻子，绿眼睛骨碌碌打转。善哉善哉，她穿着紧身牛仔裤和露出隐约乳沟的吊带，脸庞素净，在埃及看到素净的东西真是难得。

我们两个下意识地靠拢，在全班黑纱女生面前站成防卫式的背靠背，调整着自己的呼吸。

之后她用很坚定的语气说：我们走，去最前面坐。果然她说话也是素净的，是有轻度德文口音的美式英语。

又进来一双韩国姐妹，我们立刻结成小联盟，有了在蒙面阵营前镇定自若的勇气。

韩国姐妹大多数时间都互相讲着悄悄话，只偶尔和我们搭一两句茬。

德国女孩叫哒哒，我坐下来仔细打量她，发现她的头发短到可以看到头皮，长腿平胸的高挑国际名模身材，帅气里藏着点儿妖气，笑起来右边脸上有个小酒窝。大学最后一年来做交换生的哒哒，刚过完23岁生日，来自德国布莱梅边的小镇，在大学里学国际政治专业。

我叫奇奇，来自上海。

上海！我爸爸在上海待过一阵，听他说那里……

她拦腰截住了这句,补上个出人意料的笑容。

我歪着头探询地看着她。

去过中国的朋友说,北京很朋克,上海很爵士。

我刚想多说点这两个城市的风格,一声低而凛冽的“撒拉马来库”飘来。

一个精瘦的埃及老太走进教室,她一双青蛙眼凸起得吓人,目光锐利,长着鹰钩鼻,气势威严,不容半点心有旁骛。她把教室里的各位悉数看了一遍,视线在我和哒哒的身上多停留了一会儿,理所当然。

蒙面的阿拉伯女同学们熟练地回答着“哇来库撒拉马”,一边撤下面纱。

我和哒哒忍不住从前排回过头,打量起这些神秘黑面纱下的阿拉伯女子的面容。

就算主观客观上我自己都是美女一名,还是被身后的几张脸惊艳了一番。哇呀呀,这,简直是世界小姐选美嘛。

除了三个满头非洲小辫儿的科索沃女孩风格迥异,所有蒙面的女同学都神情高贵矜持,貌似个个都是大家闺秀,只有坐在角落里的小萝莉在视线撞上我的时候,朝我调皮地眨眨眼。

后来老师让大家自我介绍时,我记住了小萝莉的名字,阿伊莎。她只把指甲尖染红一小撮,而且不像是用指甲油涂出来的,可能是用古法染的,看过去有几分诡艳。一双玲珑猫眼,总是带着好奇的神色,在某种角度下会微微发紫,就连我翻东西不小心掉落在地上的烟盒,甚至我和哒哒的笑声,都能迅速引来她火辣辣的视线。

她让我有点不安。

课本从左面翻开，每页的字母也小虫子似的从右往左爬。习惯清晰方块字的我眉毛都要纠结在一起了。

同班的穆斯林女孩们不管国籍哪里，其实都多少会些阿拉伯语，有的是只会土语，需要学夫斯哈(阿拉伯语普通话)来读古兰经或者在官方场合使用。

第一篇课文是自我介绍的范文。按道理语言天分斐然如我，随便学什么语言都很轻松，但在这个混合着来自世界各地美女的教室里，却和两个韩国女孩一起陷入尴尬境地——我们的母语不是拼写方式的，没有拼读的过程，而且课本的范文对于我来说一点都不适用。

通篇都在讲老公是干什么的，父亲是干什么的。和世界上大多国家不同，我的同学们好像二十岁左右早已是孩子他妈，即便其中一个十六岁的，也早已有了婚约，她们不工作，小时候靠父亲养，长大了靠丈夫养。在她们的观念里，这是符合传统也值得骄傲的生活轨迹，而要靠自己工作赚钱的女性对她们来说是难以想象的。

这方面我无权指手画脚，但各人情况不同，起码应该教会我怎么用阿拉伯语说我是个职业女性，我非要在职场上和男人们争个你死我活。

轮到我自我介绍之前，我让青蛙眼老太额外为我写了些适合我的句子，这才开始。

我叫梁薇奇。女孩们立刻都模仿起“梁薇奇”的中文发音，各种怪腔怪调都有，却没一个接近正确发音的。

于是我还是报上我的英文名 Vichy,自动给大家少添麻烦,叫我奇奇就好。不过奇奇被各国口音说出来也并不好听,像乌兹别克斯坦的女孩就疑似把我叫成了 QQ。

重来一遍。我叫奇奇,今年 26 岁,来自中国上海,独生女,父母高知,任职广告业。16 岁开始自己赚钱养活自己,虽然不能挤进福布斯富豪排行榜,但够猎艳美食美景美男。

现在我独自住在开罗玛阿帝,每天要开车一小时穿过无人沙漠区来学校上学,学好阿拉伯语为了和阿拉伯男人谈恋爱,或者成为深入中东战场的战地记者,某天在 CNN 上露脸向全球报道中东问题、人权问题、全球气候变暖问题,有一天我要竞选联合国秘书长。

我这一连串豪言壮语说得这么溜,完全是因为这是我编好练过的,因为我没法说出我学阿拉伯语的真正动机。

穆斯林美女们对我的评价整齐划一:真主保佑!

而哒哒则异常兴奋,隔空张开手指伸过来,我和她对上五指,猛力击掌为庆,原来我们的梦想都是这样伟大。

17.

我从开罗大学殖民时期的欧式老建筑走出来,仰头看看巴洛克式的绿圆顶和涡旋。

拉提夫·雅库比·默哈默德·法鲁克！现在我是你的学妹了。

你说你是开罗大学中文系的高材生，我一直很为这一点自豪，所以特地去看了文学院的教学楼。我看着昏暗的教室里一排排桌椅，想象着曾经你坐在哪个位子，那时你还没晒成小麦色，你给我看过你大学时代的照片，有张苍白忧郁的拜伦脸。

如果你念书的时候我已在这里，我一定会给你写小纸条，在操场的树阴下等你经过，拦下你，面如桃花，欲语还休。

多纯真多美好。

而事实总是不能尽如人意，我来到开罗大学，你已不在服务区。

我的当务之急是破译你留给我的那句乱码。

在你失踪之前，我们吵了那场稀疏平常的架。

和你对阿力·沙拉威的态度有关。

那个你叫做好兄弟的埃及秃头大胖子，看什么都是一副色迷迷的样子，手在你身上摸了一把又一把。

我不明白你为什么在他面前就唯唯诺诺，而且恬不知耻地要我动用《良景》传媒周南南在旅游界的资源帮他在上海抢市场。

你是个脑残大傻瓜，沙拉威明显只是利用你我之间的关系。我看得很清楚，就算我朝周南南开了口，为 sphinx 集团打开了局面，沙拉威也只会把功劳全都记在他自己头上，回埃及去向大老板侯赛因邀功，没你半分甜头。

你傻我不能和你一起傻，既然我们很快是一家人，两口子唱戏当然有扮红脸的就要有扮黑脸的，总要有个人在关键时刻把关才行。

而你这个漂亮的大傻瓜根本不懂其中的道理，我和你摆事实讲道理，横向纵向分析，你却暴跳如雷，指责我污蔑你的好兄弟。

然后举一反三，说我其实一直看不起你，看不起埃及，看不起你的文化宗教，一切一切。

你老把咱们之间的儿女情长上升到民族问题宗教问题，仿佛我蓄意挑起恐怖袭击，我实在担当不起。

你和我站在黄浦江边 vivienne westwood 店破头烂齿的橱窗前，大吵一场。

你对我大吼一声：#%% * ¥……

然后气哼哼地走了。

那时我的阿拉伯语刚能读清字母，喉音和擦音还不能完全分辨，你的一连串乱码把我雷得目瞪口呆，等我回过神来，你已消失不见。

当时我懒得理你，反正我和你吵架是家常便饭，我也没在意你那串乱码到底什么意思。

我以为你只是孩子气，闹一阵就好了，跟之前 N 次赌气一样。而你这次却是来真的，从此杳无音讯。

其实从第一次降落埃及，和你在旅游大巴上黑脸大吵拉开序幕，我和你就一直两天一小吵，三天一大吵，四天不吵我就要坐立不安，担心 2012 要来了。仿佛从没想过哪一场会是最后一场，如果知道，那起码该吵得隆重点，吵成某种经典，才够写入我和你之间的大事纪年。

我和你吵起来总是什么难听说什么，祖宗八代都骂进去，你骂我是欺负人的小婊子，我骂你是没出息的混账王八蛋，又摔电话又砸玻璃。两个人都那么狠，那么恨，像是故意要把话说绝，说绝了，就可以不再这样彼此折磨下去，就可以把三生三世的缘分骂尽，从此不能回头。

而每次都还是一刹那不需任何言语，再次和好，又哭又笑，小婊子和王八蛋又在一起了。

你和我鉴别彼此重要意义的，就是这样的声嘶力竭。

你说，从没有哪个女人让你丢失绅士风度，从没有哪个女人会被你骂成小婊子，会把你欺负到哭得一把眼泪一把鼻涕。

我说，从没有哪个男人让我丢失淑女形象，从没有哪个男人让我动用王八蛋的美名，没有任何优雅的成分。

所以我们是最相爱的，那些放不下所有尊严和教养的人，还没真正地爱过。

我才不屑于张爱玲小说里那种句子，"于千万人之中遇见，没有早一步，也没有晚一步，唯有轻轻地问一声，噢，你也在这里吗？"矫情死了。

于千万人之中遇见，没早一步，也没晚一步，当然要马上亲得鼻青脸肿，做爱做到你筋疲力尽我子宫穿孔，当然要大哭大笑爱到死。

爱就是要疯狂的情绪，爱就是小婊子和王八蛋在一起，爱就是我和你。

杀人放火在所不惜。

为了破译你对我吼出的乱码，我学阿拉伯语的热情被装了超级马达。

我除了精通英文德文印度尼西亚文,对完全陌生的语言还能不求甚解地把发音记下来,就像我的身体附带录音功能一样。

我对欧摩尔模拟过你当时那堆乱码的发音,他没想出任何合理的埃及土语或者阿拉伯语普通话。

我也对上外阿语系的小秧老师等人模拟过,他们的反应都是,呆若木鸡。

18.

从左面翻开,歪歪扭扭的虫子字母,所有图片里的女人都只有包头巾的背影,这是我从小到大用过的最奇怪的教科书。

开始的几篇课文相当无聊,你好我好大家好之类,但穆斯林女孩上课却格外认真,发言积极,笔记也记得工整好看,很讨青蛙眼老太欢心。

除了三个年纪还在叛逆期的科索沃小辫儿,其他的穆斯林女孩都沉静优雅。在教室里她们是不带面纱的,所以一旦有水管工等进入女生部,广播里就会紧急通知:男人来了,男人来了。请各位同学快点把面纱带上。于是我的同学们就纷纷手忙脚乱地缠头巾。对于我和哒哒来说,这一切都太不可思议了。

课间休息时,她们多是铺开自带的波斯小地毯,按照教学楼墙壁上麦加方向的指示牌,闭目祷告。唯一的小乐趣,是祷告完毕去小卖部买零食来吃,她们热衷的是一种叫做 molto 的小面包,有巧克力和坚果夹心;喝的多是绿瓶子的 fayrouz 苹果汽水,这种汽水其实要多难喝有多难喝,但身边的阿拉伯女孩们却出奇地喜欢。

出于职业本能,我注意看了下广告,是三个穿 race queen 制服的埃及辣妹在老城区广场的卡车上对着全开罗指手画脚,男人们都成了背景。很女权,很国际。

原来她们爱喝 fayrouz,是因为这绿色冒泡的瓶子里有周游世界的恣意,有追求爱与自由的勇气。这已经不只是喝汽水的欲望,而是更深层面的渴望。

每次我看着我的同学们人手一瓶 fayrouz 的时候,就禁不住这样想。

只是,课堂的气氛对于我和哒哒来说过于沉闷。下课铃一响,哒哒和我就屁股上弹簧压缩到极限,腾地冲出门外。

外面正是一天里最热的时光,我从书包里掏出安娜苏的印花高拱伞,啪的一下撑开,时刻牢记大 S 的要像灯泡一样白的美白格言。不想惹来放学的校园里一阵骚动,从我身边经过的同学都露出揶揄的神色,有好事的男生还模仿起我拿着伞走路的样子。

我的脸由白转绿,整个一棵大葱。

哒哒没有支援我的意思:喂,至于吗?

我指指头上一大朵太阳,郑重其事地告诉她:会被晒黑的!而且紫外线可以致癌。

她从我手里一把抢过阳伞,迅速收起来,掖在身侧:别丢人现眼了!

既然到埃及来,就该晒得黑点儿,长得胖点儿。要不然趁早离开这里。

接着她带我去见她家老爷子——beatles 1303,别搞错,不是什么奢侈货,是开罗烂大街的垃圾车。在开罗,不管多破多烂的车,只要还一息尚存,都会被继续使用,永远不会淘汰。

哒哒说父母每月给她700欧元开销,但都用在马场和与男友斐萨出去玩上面,只好将就与这老爷子为伍了。车虽然破得不堪入目,但能看出她非常爱惜,收拾得很干净,车前还挂着一个肯尼亚羊脸图腾。只能放卡带,但也自制了mix tape,Motorhead的黑桃ACE,AC/DC的《back in black》,经典重金属都历历在耳。

我心想,你个假小子嫌我撑阳伞坍台,我还觉得你家这掉漆的老爷子不上台面呢。

正在这时,一辆超炫的Zonda R从我们身边呼啸而过,里面一个巧克力肤色的帅气身影让我们顿生好色之心,如果是我们的同学就好啦。

我们两个花痴快速上车,妄想能追在后面,多看几眼。谁知蓝色老爷子半天愣没发动起来,Zonda R哪肯等人,早就没了踪影。

等到我们的破车开到开罗大街上,看到到处都有比这更破的老爷车,也就释怀了。

埃及的车,只要自己不怕,尽管开到每个螺丝都散架。

我们开到附近的阿卡德大街,找到一个叫做玫瑰人生的水烟馆。

开罗有着浓重的法国情结,la vie en rose这首经典法文老歌被用在各种店铺,可见埃及人都希望拥有玫瑰人生。

TU－HE,我对着服务生卖弄自己的半吊子阿拉伯语。

服务生愣了一下，转向哒哒求助，谁知哒哒也一脸爱莫能助的表情。

我很自信地又重复一遍：TU－HE。

他们两个的表情没有任何刷新。

无可奈何之下，我只能用英文对哒哒说：桃子口味的。

啊，桃子！哒哒长叹一声，随即捂着肚子爆笑，桃子是 HU－HE，不过还有一个发音比较接近的单词，桑葚叫 TU－TE，你是不是把桃子和桑葚搞混了？

我动用广告人拆解 logo 名的伎俩，狡辩说我要的是桃子和桑葚混合口味的嘛，所以拼在一起正好是 TU－HE，就像 Rolex 是 roll 和 excellent 的简写一样。

哒哒朝我飞了个媚眼，很明显在说我再强词夺理也没用了。自此她和我见面打招呼不说 hello，不说 hi，只会大声说：TU－HE！

这次出丑之后，我在讲阿拉伯语之前总要三思，不敢脱口而出。

抽着水烟，看着阿卡德大街上的埃及众生，哒哒开始对我进行在埃及的基本生存培训。

1. 如果需要在街上走路，请你手心里随时藏块小石头，说不定会有十多岁发育期的小男孩，骑着自行车经过时摸你屁股甚至有可能袭胸，然后很快逃跑，这时如果你手里有石头就可以马上砸他，不然肯定郁闷死。

不过我觉得拿石头砸都便宜这种人，我就随身带匕首，你看——哒哒唰地从马靴帮里抽出一把迷你弹簧匕首,一按弹出锃亮犀利的刀片,在我面前得意地晃了晃。反正按他们的说法,欺负女人的人,手被剁掉活该。

2. 钱包里一定要放足够的零钱,一块五角的最需要,埃及人在找零的时候总是揩油。另外擦车小弟、咖啡店的侍应之类,手边有个一块两块的打发一下,也会方便很多。

3. 衣服鞋子欧洲牌子在这里绝对便宜,越大牌越便宜。其他货色,九成以上是中国进口来的,你自己是中国人,愿意花比国内翻好多倍的钱你就买。一般打折季是斋月前的一个月和新年前的一个月。

……

最后一条,也是对于外国女人来说最要注意的。只有在埃及,男人的六块腹肌和会讨好女人的嘴长在同一个人身上。但你要注意了,六块腹肌和甜言蜜语玩玩可以,但都不能当真的。

特别要小心那些来自社会底层的埃及男人,在别的国家出身门第并不说明什么,但在埃及,一个来自社会底层的男人,不管后来受过多好的教育,赚的钱有多少,只要出身下贱卑微,他就永远是下贱卑微的,为了得到想要的,他愿意出卖一切,丧尽天良。

他们只想和外国女人结婚来得到出国的机会,比如想去美国就娶个美国老婆,想去欧洲就娶个欧洲老婆,现在埃及很多男人听说中国越来越好,都想娶个中国老婆去中国发财。反正他们可以娶四个老婆,没有什么机会成本。

奇奇,你千万要小心。

听到这里，我的表情无法自持地冷却。一只颜色和形状都格外像臭虫的埃及方瓜子被剥了一半，掼一边去。

哒哒吸着水烟，视线一直在大街上飞舞，根本没注意到我的反应，又补充道：不过上流社会的埃及男人又另当别论，他们什么都有，什么都见识过，思想自由开放，不需要靠女人来改变现状。周末你来见见我的男友，埃及的所有 hardrock 都是他们家族的产业，他在金字塔边的别墅办生日派对，开罗时尚界的人士都在那个圈子里，你会喜欢那里的。

我在心里把你像介绍埃及博物馆里任何一具珍贵展品一样隆重的自我介绍默默回忆了一遍，祖父是意大利外交官，父亲是大法官，母亲有土耳其血统，哥哥开 IT 公司，这样的背景应该不至于沦落到社会底层吧。

但其中成分到底真多少、假多少，和你们引以为豪的金字塔到底是人类的杰作还是火星人登陆地球的证据一样，无可奉告。

唯一不用怀疑的，似乎只有最初的印象，关于你本身的——

你是个长着核桃屁股的漂亮怪物。

19.

akuru（吃）

kataba（写）

sharaba(喝)

darasa(学习)

又一天早上从生死疾速来到学校，一群埃及小鬼头已经埋伏在一旁从地上捡起小石子，我左弯右绕才找到一个停车的空位，然后铆足劲儿闪身下车朝教学楼冲去。

气喘吁吁地站在教室门口时，青蛙眼老太已经在黑板上写下了好些阿拉伯语的动词词根，哒哒还没来，没准老爷车又坏在路上了。

我蹑手蹑脚地窜到自己座位上，没引起她的注意，偷笑着坐下——安拉！屁股一下子凉丝丝的。

低头一看，椅子上一摊番茄酱。

哇呀呀，可怜我穿的是 Miss Sixty 当季的洗白牛仔。

韩国女孩隔着过道，还不知道我这边出了什么情况，三个科索沃小辫儿得意得不行，其他穆斯林大家闺秀们看不出明显嘲笑之意，但还是免不了莞尔偷笑。

我早知道科索沃小辫儿们对我有意见。

当然她们基础本身就好，很多母语不是阿拉伯语的穆斯林学生在学阿拉伯语之前，已经可以不求甚解地用阿拉伯语把古兰经倒背如流，用来每天五次祷告。学校为了多赚几级学费才把她们分到二级，她们的水平上三级是肯定没问题的。

青蛙眼总是让她们先领读，她们每次都读得流利而标准，不需要任何反应时间。

而轮到我和韩国女孩读，就明显慢几拍。中日韩三国的语言都不是拼读的,而是象形文字的,所以我们的记忆方式是从形象开始,比其他国家的学生慢几拍其实没什么大不了的。但她们就毫不留情地嘲笑我们很笨,笨这个词是故意用英文说出来的。

我和韩国女生顿时白了她们那群一眼,群策群力地用埃及土语回敬:哈了巴以它克!(烧死你们全家!)不管语言学到什么程度,总有几句话是优先自学的,并且肯定学得字正腔圆,比如我爱你、谢谢你和所有可以把对方骂到口吐白沫的脏话。

科索沃女孩们互相使了个眼色,没有立刻回嘴,却装出一副很委屈的表情,而其他穆斯林女孩明显露出不悦的神色,青蛙眼教授被我们这句绝杀之骂彻底激怒,肥手朝门口一指,吼道:都给我出去,平时课堂表现记0分!

我和韩国姐妹没有多说什么,拎包走人。

本来屁股上一大坨番茄酱也没法上课了。

走出女生部,总是经过考古系的窗口。

须发斑白的老教授正在给学生们示范制作猫的木乃伊。有一个迷你石槽,猫头的位置比身体要低,这是因为做木乃伊的时候要让身体里的血都流干。这是你给我上私家考古课时告诉我的。

我们趴在窗口把教室里的男生们扫视了一遍,韩国姐妹发现宝贝一样大赞其中一个男生有型,我一看,巧克力肤色和俊朗的外形,正是开学时开 Zonda R 的公子哥儿。

不料这一闹暴露了目标,只得抱头鼠窜,溜之大吉。

20.

在开罗大床上独自醒来,渐渐不需要重新确认地理位置。

日子流淌,滴滴答答,和不远处的尼罗河一样,流过去,流过去,过去的就成了一团陈丝,一簇烂草,塞进几角旮旯里。

门房的女儿扎伊娜依旧日日坐在树阴下无所事事。

清晨的时候总是满树叽喳鸟鸣,阳光不偏不倚洒在卧室露台的角落上,收旧货的小贩发出的声响和上海有几分相像,却是用非洲手鼓敲出的。

一个毫无征兆的早晨,开门去上学的时候,发现门前的地上有一个方盒子。

是我最爱的绿色包装,上面用黑色丝带扎着蝴蝶结——世界上最好看的蝴蝶结。

直觉突如其来,我的呼吸急促,手指剧烈颤抖:

拉提夫,你来过了!

我快速拨打你的手机号码,依旧是那个半死不活的女音在重复"您拨打的号码暂时无法接通"。

还好,有个暂时,暂时总有过去的一天,还有希望。

若是平时，我很可能抱着这个盒子发呆发疯一整天，但因为学校允许的五天旷课限额已经用完，想顺利升级，我就得天天去学校。

所以我只能抱着绿盒子一路来到学校，教室里的同学们也被包装上那个漂亮的黑色蝴蝶结吸引，她们看了一眼又一眼。

哒哒朝我飞个眼色：又有埃及小帅哥打你主意了？

我皮笑肉不笑地，用口型对她夸张地念出拉提夫的名字，一边指了指脚边的礼盒。

她比我还惊讶，正急着打手势问我怎么回事，青蛙眼教授毫不留情地把我叫到黑板上去做句型转换题。

她一看到我和哒哒眉飞色舞，就肯定要把我叫到黑板上去做题目，因为哒哒总是可以给出完美的答案，而我则不一定。

阿拉伯语的句型转换总是让我做得想哭。动词变位比德语还要复杂，人称转换起来也总让我头昏，何况我今天根本就无法集中精力。

我走上去，半天才把原句读明白，然后我为自己用生命中宝贵的时间读懂了这一句而懊悔不已。

默哈默德的母亲对他说：纳达虽然现在工作不错赚钱多，但她是农奴出身，所以我不同意你娶她为妻。

要把直接引语改成间接引语。

这么无聊的句子，我情愿一辈子都不会翻译或者读不懂，更别说要我把它转成间接引语了。

我转着眼睛拿起笔，开始从黑板的左边向右边写道，默哈默德对他的母亲说：关你屁事。

然后把笔还给青蛙眼教授,回到座位上。同学们面面相觑。

青蛙眼扫了一眼我写的内容,干咳了几声,对我重复了一遍:把直接引语改成间接引语。

我非常肯定地点了点头:我写的就是答案。

她又一次把我赶出教室。

我在国内上学时反正做不了标准好学生,成绩一直上好,作风一直不良,被老师赶出教室甚至罚扫厕所是常事。这样与标准好学生能区分开来,我自己对此很满意,也让我的摩登父母很满意。

我母亲在我很小的时候,就极频繁地给我换发型,这礼拜还大爆炸,下礼拜就剪个童花,学校里老师当然看不惯,但我母亲却态度强硬,她说,这样才没人敢欺负你。

至于父亲,他让我什么都学一点,舞蹈钢琴书法插花网球桌球桥牌高尔夫,却不鼓励我学精学透。他说,混世界,有花拳绣腿的功夫就够了。

所以,我没法当个标准优等生的咒怨从上海一直延续到开罗。

我拿起打着完美蝴蝶结的礼盒起身走出了教室。

21.

埃及的无花果已经熟透,路边生锈的三轮车边,小贩用土语大声吆喝,一块埃镑三颗。很多黑衣蒙面的阿拉伯女学生聚集在车边,熟练地拨开果实，避过脸撩起面纱一角，把果肉隐蔽地放进嘴里。

所有黑衣蒙面的埃及女子乍一看过去，是没有区别没有表情的，她们像是幽灵的影子，无声无息地填充着阳光的影子。她们走过房屋是房屋的影子，走在男人身边是男人的影子，在市集上停下来，就浮在大堆的甘蓝和西红柿上，或者搅拌进做米饭需要的豆蔻和小茴香里。

但其中一位忽然发现了我，朝我猛地招手。

虽然隔着马路上疯狂无序的车流，隔着她眼前的黑丝网，我依然能清晰感受到她强烈的好奇和淘气，而她的视线，在某个角度呈现出一种微紫的光芒，让我隐隐不安——是我的同班女生阿伊莎没错。

她朝我摊开戴着黑色长手套的手，手心里是三颗刚刚采下的新鲜无花果。

吃！吃！很好吃的！她用语法全错的阿拉伯语邀请着。

22.

一场似是而非的雨。

下起来的时候，我正站在露台给巴西菊浇水，脸上忽然被风吹来几丝水意。停滞，张望，探测，不确定是楼上某家的空调漏水，还是天空有麻雀撒尿，但楼下的埃及人却兴高采烈地拍手欢呼，嚷着下雨啦下雨啦。他们的巴掌没拍几下，连墙角的小野猫都没淋湿，“雨”又停了。

在你的城池里,一切都要重新认知。以往的经验和常识都作废,我像个孱弱的幼婴,对自己无能为力,重新审视着身边的一切。

凌晨以前,房间里照例闷热异常。我不喜欢空调,所以只穿内衣躺在客厅的东方地毯上,忐忑无聊,不时摆弄几下瓷盘里的石子。

临睡前,我终于拉散了世界上最美丽的蝴蝶结,打开盒子。

里面是传统埃及甜点,乌咪阿里。我最爱吃的。

我和你一起去罕哈利利市场时,你就塞一盒乌咪阿里给我,揉乱我的头发,叫我乖乖等你。然后扭着你的核桃屁股朝老市场深处走去。

原来你曾经可以探知我,我的哈比比,你探知过什么对我来说有意义,什么对我来说不值一提。那些我们之间的陈芝麻烂谷子,你也曾分门别类过,谷子归谷子,芝麻归芝麻,我还以为我们一直风马牛不相及呢。

纸条上写着英文:星期四我来看你,有很多话想对你说,请你等我。

这天是星期二,也就是说,两天之后。

我把蝴蝶魂飞魄散后的黑丝带绕在脸上,把视线切割成好几块,终于,流下了来开罗找你后的第一场眼泪。

和埃及的雨一样,似是而非的,不知是什么滋味。

23.

两天以后，意义非凡的星期四。

冰箱里摆了一排你最爱喝的 costa 果肉草莓汁，movepick 冰淇淋是巧克力味的，大门前一双 44 码拖鞋，是你的尺码。

欢迎回家，亲爱的拉提夫·雅库比先生。

锅里是黑橄榄小羊腿肉，而我的白色蕾丝裙里，是一套有亮片的红色内衣。

很俗很 out 的那种红，你最喜欢的。

时间一秒一秒地过去，清真寺的宣礼响过两轮，我把埃及艳后头梳了一遍又一遍，口红刷了一层又一层，俄罗斯小猫瓜瓜实在看烦了，朝我喵了一声，一拧头去阳台上扑苍蝇玩。

而我的门铃一直都没响。

你要消失就消失，为什么还要来挑逗我的神经，到我的门前，送给我扎着漂亮蝴蝶结的礼物，约下见面的时间？

你说的话，和野猫喵喵叫两下没区别，一点儿谱都不靠！

24.

是你反常，还是我疯狂？

说来又不来的是你，要娶我又消失不见的是你，你个埃及大怪物！

为什么连第一个吻的匪夷所思，都不是因为它的缠绵？

为什么后来的第二个吻第三个吻一直到第N个吻都是匪夷所思的？

你以为这是在拍电影，不管吻多少次没有舌头什么事儿，只有嘴唇。我觉得有点奇怪，但也许埃及人的第一个吻就是这样的吧，我每每想起来，不免莞尔。

我依然走在队伍的最后面，用距离构造生疏的假象。追随你的脚步，听那些爱与复仇的故事，注视夸张而宏伟的雕像与塔碑。

所有和埃及有关的故事，神话里的，现实中的，都离不开男人和女人，所有的故事最后都是弗洛伊德。像永远声嘶力竭的埃及电视剧，嗜血，仇杀，乱伦，利欲熏心，没有日剧的清新韩剧的唯美中国连续剧的千回百转。

游客们去自由活动，你把一张小纸条塞进我的手心。你的中文手写体，像个三岁小孩的字迹：日暮以后，帆船码头。

日暮以后，帆船码头。

努比亚黑童扬帆起航，赤裸的双脚在船舷上踏出粗粝的节拍，击掌欢唱，尼罗河上流传起通亮悠远的歌谣。

你熟悉那些歌谣的曲调，和他们一应一和，橄榄色的脸庞在风中微微发光。

埃及日出日落都只一瞬，太阳是孩子手中的皮球，在游戏中随意弹跳。

日落之后，疾风乍冷。我在船尾瑟缩发抖，你即刻脱下外套裹住我的肩膀，硬朗不输高仓健。

尼罗河渐渐变窄，绸蓝色，接近浅滩的地方，两岸堆满橘红色石头房子。如果用 photoshop 加深对比度，一定好看得不得了。

帆船靠在陡峭的杂石之间，看见有毒的软体动物，我不敢下船。

你一把抱起我，走下船去。你的脚趾与我平日所见的人类不同，分得很开，中趾、食趾和无名趾比其他长出一大截，并且关节突兀，踩在沙子上，脚印像一种罕见的野兽。

我用照相机咔嚓拍下来，以备给科学家们做科研资料，万一哪天证明你是某种怪胎，我还能靠写和你的罗曼史大赚一笔，书名我都想好了，怪胎也会爱上我。

你把我抱进石头村子的空屋，拙朴的空屋有蓝白相间的外墙，屋顶斜斜悬挂着风干的鳄鱼与海龟。

门上铁锁沉锈，你一拉，锁掉在沙子上，砸出一个凹陷。

门是红色的，很土很out的红，却最对你胃口。你告诉我那是你认为很性感的颜色，如果要勾引你，就该从里到外穿这个。可见你的品位有多艳俗可爱。

石头床脚下一只线条玲珑的绿蜥蜴歪着头，你用我听不懂的语言和它打招呼，它没有走开，只把脑袋正过来，认真地看着我们。

你把我放在铺满芦苇的石床上，黄昏的尽头有一阵风吹过。

你俯身，逐粒解开我的衣服纽扣，我以为你会抚摸我，但你总是出乎我的意料，你只是退下我的衣物，仔细观看我。

观看我的胸，我的臀，我的腰身肚脐和胎记，你观看我的一切。

像是从化石拼凑亿万年前某种生物的古生物学家。

我不知道你为什么总能有让人哭笑不得的本事，你也许真的是个大怪物。

把我观赏完毕，你没有更多想法，只把我的衣服再次慢慢穿好，还把我还原成一个正襟危坐的姿势。

那么，我说，现在轮到你了。

你却警惕地后退一步，严肃地摇摇头。

我怎肯罢休，我要看你看个仔细，到底你这个埃及怪物脱了衣服是什么样子的，是不是四个乳头五个肚脐眼？

你看上去没有任何脱光衣服的想法。我快速偷袭你的关键部位，不料你敏捷地躲开，目光冷峻，不理我的抗议，只拿出手机，问我：

快说！你父亲电话多少？一万匹骆驼的聘礼，他真会愿意把你嫁给我吗？

我的注意力被骆驼和人民币当天汇率占去了几秒钟，之后想到我那由最先进的思想武装头脑的教授老爸听到这种话会怎么用他人类学社会学宗教学的知识来和你理论，而我的老妈肯定在一旁等不及也要来分析一下你的心理状态……至少你得再花五千匹骆驼付这个国际长途电话费才能等他们俩把话说完。

最后我回过神来，贪婪扫视你罗马雕像般的身躯。

见鬼，我才不稀罕什么一万匹骆驼，只希望和你搂搂抱抱，卿卿我我，呢咕呢咕……

我久久凝视你，以伊甸之蛇的姿态。

25.

回到公主号游轮，被你抚摩过的肌肤开始出现红斑，块状，肿胀，微微发痒。也许是埃及式样的蚊子包，也许是你这怪物的手指携带剧毒，侵入我，吞噬我。被你抚摩过，此生都要痛不欲生？

吃晚饭的时候，我已经红头涨脸，嘴唇肿得像香肠，大概和你走近了我也渐渐变异成怪物，我只好找了条围巾像阿拉伯女人一样包住脸，只露两只眼睛。

你看着 cosplay 阿拉伯女人的我眼睛锃亮，揶揄我是准备从此嫁个阿拉伯男人。

你想得美,我只是脸肿了才裹头巾的! 我没好气地说。

是吗? 我看看。你撩开我的头巾,仔细观察了一下,严肃地说:这种包我以前都没见过,情况不妙。

你的口气让我有点害怕起来,联想到很多类似法老的诅咒的诡异传说。

记得一部埃及古书上记载过这肿胞,说是来自地狱之神的惩罚,在黑夜中肿胞不断变大变黑,最后你的全身会烂掉,然后人也会死。

我听了两腿发软,放下装了米饭和羊肉的盘子,下一秒就要昏倒在地。

你却兴致大好,仰天大笑,笑的时候依然没忘在自助餐台的烤茄子边先摆个奶油小生的 pose:窝(我)的妈呀,呢(你)这么容易被骗呀。依然只有第一声和第四声。

我愤然裹好头巾,白你一大眼。

你又嬉皮笑脸来哄我,不知哪里学来的港台腔:你肯定吃了什么会过敏的东西啦,这种红斑都是过敏反应,我去找一种埃及茶给你喝,睡一觉就好了。只要你嫁给我,我会好好照顾你的啦。

我实在拿你没办法,舒展眉头,往表情里加点糖,准备赏你一记笑。

你却在我的笑容将出未出之际端起盘子,拂袖而去。

我跟在你身后,像个日本女人一样拖着脚步,低眉顺目,承认自己玩不过你。

边走边想起来,我在游览神庙的时候,贪嘴吃了一根水果冰棒,吃完之后才觉得貌似有芒果成分,我是倒霉的芒果过敏者,任何一丁点芒果成分都有可能让我变成鼻青脸肿的大妖怪，而世界上偏偏好吃的甜品都和芒果有关。

中国妖怪和埃及怪物，倒真的是绝配。

26.

今生就是这样开始的。

我和你之间的事就该一直把这句歌翻来覆去地放，直到唱机的磁针戛然断裂。

迷乱的、难以被梳理的来龙去脉，时空的 XY 轴失去原点，这样的开始，在南部卢克索的沙漠里蓬勃奋勇地存活下来，一直沿着尼罗河到达阿斯旺堤坝，又随着老火车慢摇到开罗，最后从航拍中的浩瀚沙漠，追踪一条细细的高速公路延展向亚历山大。

那个地中海边的城市，充斥着磅礴的忧伤。人们血统不明的轮廓，隐藏着罗马帝国的光荣与纳菲尔提提的毒蛇之爱。

干燥的埃及，到了这个角落忽然下起雨。

你带我们去找埃及艳后被毒蛇咬死的墓穴，你带我们去看皇帝的夏宫。

你和所有人谈笑风生。

就是不看我。

你和每一个人告别,却在轮到我时转身就走。

我把迷惑的目光别向机场入口,大步大步背离你远去。

直到我走进机场,你这个怪物才知道我也可以比你冷,比你酷,如果你什么也不说,我就面无表情地离开你的城池你的国。

你终于发疯地打我的手机,我已经过了安检,突兀的铃声引起保安们的注意,我没有接起,只是不顾一切地重新冲出安检,冲出候机大厅,冲向你。

我一头扎进你的怀里,喧闹的人群嘘声一片,白长袍的大叔用阿拉伯语指责你什么,你没有解释,但放开我,把手里一个装着浑浊的水的矿泉水瓶递给我:这是尼罗河的水,我们埃及人都相信,喝过尼罗河的水,就一定会再到这里来。

我接过瓶子,拧开盖子,倒一点到盖子里给你,剩下的给我自己,然后拉过你的胳膊,摆一个中国人喝交杯酒的姿势。

我们一起勾着胳膊喝下尼罗河水吧,让略带腥味儿的水盈满身体里的五脏六腑。从此我就是你的女人。

你要记得到中国来找我啊,一定要记得,带着你的一万匹骆驼,带着你的母亲,带着你的弟兄,带着你们上埃及的谷物和下埃及的水晶,来见我的摩登爹娘。

在机场里找不到我的领队打我的手机,通知我已是最后登机广播。

我转身往候机厅里移步,一步一回首。

身后的亚历山大城,地中海从蓝绿转眼变成黑色汪洋,臣民们悉数倒下,宫殿坍塌,恺撒再次焚烧最古老的图书馆,七大奇迹的灯塔从此倾入海底。

在我和你说再见的刹那,尸横遍野,世界只剩一个你,站在原地,朝我奋力挥手,以埃及小开的经典姿势。

而我早该预料到的,我喝下大半瓶,你只喝了一小瓶盖,是不是从那时起,注定我要爱得比你多?

27.

和你在亚历山大暂别,回到上海安心等你来娶我。

我在香花桥路 41 号好姐妹开的 sofa café 举办阿拉伯之夜派对,上海的各路牛鬼蛇神全都按 dress code 以阿拉伯元素装扮出席。

勺子当当,高脚杯当锣鼓,我大声宣布:

我要嫁到埃及去,嫁给一个把我脱光却不和我做爱,连怎么像样地亲吻都不知道的大怪物。

周南南总是在这种场合,站在紧急出口——小时候我们两家一起去东京度假,银座的拥挤商场起了大火,我和我的中国第一代小资摩登父母,她和她的中国第一代中产父母,一起经历了那场紧急疏散,眼睁睁看着一个与母亲失散的孩子被活活烧死。

我总是很健忘,水性杨花。而她却每到一处必然先找到紧急出口和防火通道,并且尽量站在附近,不然就会坐立不安。

她仰头看着我,厉声大喝:闭嘴,梁薇奇,你疯了!

我光脚站在桌子上,晃晃腰间肚皮舞娘的小铃铛,大笑:比起什么都不值一提,只有彻底的疯狂才不枉此生。

来来来,我的兄弟姐妹们,杀人吧,放火吧,爱上他就吃掉他吧,该干吗干吗。

28.

在告别时,你曾揪着我的耳朵,对我下达了“三个不许”,要我回到上海认真学习,坚决贯彻。

时时刻刻以你的一万匹骆驼提醒自己,我是有主的人,已由轻熟女变人妻。

不管在上海这样后现代的城市,以骆驼为聘礼的婚约是怎样的行为艺术,我还是愿意把自己当作一个和埃及男人订婚的女子。

遵守着你的三个“不许”,我的生活开始改变。

你回去乖乖等我,不许再去和你提起过的西班牙帅哥聊天,不许穿太性感的衣服,不许吃猪肉。你吃猪肉我就再也不亲你了,你的身体被别的男人看到,我就不碰你了,你要是和别的男人聊天我就换掉电话号码让你再也找不到我。

大概这辈子只有你个王八蛋敢这么跟我说话,一连串的排比句,气势恢弘，让我觉得像是泡到了拉姆西斯二世那么兴奋。

小秧听到这样的句子也会眼里放光，大概男人意淫的永远是制服系，女人意淫的就是英雄和国王，我甚至有一阵意淫变形金刚大黄蜂，特地买了个模型，放在床头。

你不许我做坏事，我的床头就压了一本古兰经，努力学习在你的概念里，什么是坏事，什么是好事。

你不许我吃猪肉，我就放弃了最爱的猪蹄黄豆汤和红烧肉。

你不许我穿暴露的衣服，不要被人"吃豆腐"（你中文平仄都不分，却能把这种词儿用得挺正确），好吧，我从此惜肉如金，把所有迷你裙低胸衣送了人。

你要我戒酒戒烟，我就任何场合都只喝果汁矿泉水，被朋友们骂成周慧敏。

同时我从上外找来阿拉伯语系的私教小秧，开始学阿拉伯语，每小时要花 300 块大洋。

当小秧在 sofa café 和我坐下来，向我出示了她的上外学生证和阿语考级证书之后，我开口问的第一个问题是，做爱在阿拉伯语里怎么说。而且为了杜绝你在公共场合连说"大鸡巴"那样的惨剧发生在我身上，我把做爱在阿拉伯语里的书面用语、市井俚语，上流的说法和下流的说法，全都弄得一清二楚，并工整记录在笔记本上。

小秧很明显被我吓了一跳，额头汗涔涔的。

性交，做爱，干，以及更隐晦或者更下流的说法，一一弄清楚。

我学习的热情和我对你的热情一样澎湃，三天就掌握了所有跟虫子爬一样的阿拉伯字母。

但当我在电话里对你说,我想和你呢咕呢咕的时候,你还是在电话那边愣了一分钟,之后笑得跟火山爆发似的。

你是想说“呢可呢可”吧? 你猜测着。

我的阿拉伯语老师小秧可能还是处女,这个词没记得那么准确也情有可原。

不过,你和我一样,觉得做爱用呢咕这词既可爱又贴切,最后我们达成一致,把这个定为我们之间表示亲热亲热的暗语。估计全世界除了你和我,还有小秧,没人能够破译。

后来我们之间发明了一套变形版阿拉伯语,慢慢积累到连国家安全局也破译不了的程度,自成系统。

不料你疑心很重,华丽的外表下藏着那么强烈的自卑心,加上对于和你不同的生活状况没有办法想象,所以只用你自己的常识去武断妄想。

再打电话给你,说起呢咕呢咕这词儿,你竟多云转雷暴雨,恶狠狠地质问我:你跟哪个野男人聊天能聊到这种词儿? 你就是个不害羞的小婊子,和别的男人说这种事情! 我最后一次告诉你,你是我的女人,我有权随时杀了你,你要是跟别的男人打情骂俏,我就有权把你们两个都杀了!

我听了之后毛骨悚然。

他的语气一点儿都不像是用夸张的手法开玩笑,怎么说得天经地义似的。

我把电话一摔，不跟你玩了，绷了条荷包裙去找阿 ken 。即便某天你责问起来，此野男非彼野男，他对女人没兴趣，我和他出去旅行都睡一个床，不穿衣服在他面前乱晃，他都懒得多看我一眼。

拉提夫，你实在作天作地作得让我想一把掐死你！就是掐住你的脖子，掐到最后一丝气息都决然断灭！

也不想想，今晚是上海周五晚上，满街都是野男人，我要是那种小婊子，干吗在家守着电话和你浪费时间？隔这么远，又看不见又摸不着的，我图个啥呀我？

29.

你对我的爱，控制欲，占有欲，SM 癖，全是最真实的一个男人对一个女人的欲。按道理，有了欲才有生命力，可我却觉得自己在遇见你以后生命耗损严重。

拼将一生休，尽君一日欢。就是这些古乐府小情诗最能体会我对你的心。

遇见你的那年，6 月到 9 月，上海最热的几个月，我成天窝在家里，孵空调，叫外卖，无视花开花落，只对着你的照片傻笑，白天行尸走肉，在没有你的电话的时间里，我把自己的睫毛数了一遍又一遍，数目记录在小本子上。把化妆品的 logo 先朝左面摆，再朝右面摆。

除了你谁都不想见。除了想你,什么都没心思干。

即便你看不见,也要在打电话给你前,在衣帽间里翻箱倒柜试了一件又一件,脸上从打底霜到眼线胭脂一道道来过,像是要和你真正约会一样如临大敌。

时间总是过得太慢,扳着手指,眼巴巴盼着时钟敲过午夜十二点,这样就到了给你打国际长途的时候,我的一天才算真正开始。

每个白天我都背些阿拉伯语新学的甜言蜜语,在电话里在 skype 视频上哄你开心。如果我们的电话被监听,肯定也会因为肉麻程度登峰造极而让监听器都瘫痪。

哈比比,我想死你了。

我想和你呢咕呢咕,从锅台上到地板上,从地板上到桌子下,再从桌子下翻到桌子上。

我要和你在尼罗河边生一堆孩子。

30.

又和小秧上阿拉伯语课。

我劈头打断小秧的阿拉伯语水果清单,切换到比较有实际意义的问题:阿拉伯男人是否有权把不贞的妻子杀掉?

隔壁座位上的一对男女顿时没了声音,背都挺直了。

听说在埃及部分地区，特别是乡下，这样的情况确实存在。不过我也只是道听途说罢了，我又没去过埃及，我们学校派去进修的老师也没机会接触到这一层面的事情。你就当故事听好了。

我哪里还能平静，脸上血色早被抽掉几丝。

小秧那天还讲了一件事，说阿拉伯男人只要对妻子说一声"我休了你"，他们就彻底结束了。

女人就要卷铺盖走人。

现在想想，有没有可能，你对我说出的乱码就是这句"我休了你"？

31.

在埃及的日子左摇右晃。

放学后径直去 CSA 花园的 Greco 咖啡店，给客户打电话，在网上和助理协调进展，之后准备手头一个化妆品的广告案，我确实是靠洞察和煽动欲望过活的。

带来的烟只剩最后两盒。得想办法再 DHL 点儿过来。

白色的盒子上有殷红的茶花，清淡写意。抽一口烟，还未黑透的夜里，火星明灭，盒子上的汉字也跟着一闪一闪的：与君初相识，犹如故人归。

念这句的时候，几番想起康晨。

就像想起你的时候，时而哼列侬。

你留给我的地址竟然几年前发生过一场火灾，之后一直无人居住，难道我要沦落到三流恐怖片的情节？

那么按照套路，女角在如坠迷雾的情况下，肯定要有人救其于水火。

比如康晨。

分不清是我刻意要自救，还是他确实有分散我注意力的功力。逐渐，他从一切背景中被勾勒出来，有了自己的轮廓，呼之欲出。

在 LA SILKY 大街，他为没刷牙没洗脸的我买了早餐单之后，我再也不去那家叫 Cheers 的咖啡店吃早餐，而且赌咒发誓以后若是再见他，一定洗三遍脸刷三次牙。

幸好，我还有机会打扮得光鲜美丽来挽回形象。

周末，我开始收到他的短消息。

埃及的周末概念也让人抓狂，学生和政府机构都以周四周五为周末，公司等其他机构以周五周六为周末，但天主教和基督教徒却需要星期天休息。

康晨的公司入乡随俗，规定周五周六为休息日。

第一个周四晚，他发消息来，问我去不去唱歌。

埃及也有地方 K 歌吗？我看着手机屏幕，很想去看看，但总觉得心中有愧，放不下雅库比去尽情玩一次，也对康晨的意图是单纯还是有特别意义拿捏不准。

而我从来都因为爱所以爱，不需要任何填空一样的温暖，所以还是决定一个人面对漫长的黑夜和空荡的房间。

没有回康晨的短消息，也知道他不是会再发第二条的人。

自知对于中国男生，我因为成长经历而是个外星人，更在此刻不想因为寂寞而找消遣。

如果我还没有开始想象和康晨亲吻的场景，我就不会和他有任何暧昧。

我把手机扔到一个空房间，把房门锁上，把运动衣的拉链拉到颈口，出门跑步。

我只能拼命地在玛阿帝的小径上奔跑，野猫遍地，几只在老铁路附近出没的小黑猫会跟在我身后也跑上一段，然后换 Degla 广场附近的另外几只花猫，接力一样陪着我。

广场附近有种在非洲电影中常出现的低矮灌木，它们总是散发出一种刺鼻的气息，让我打一连串的喷嚏。

我看见晚上埃及人家的灯火，一盏又一盏地透出来，老别墅群里传出碗碟声、音乐声和争吵声，我感觉到你吸附在我的胸口，我想扒在每一扇窗口朝里张望，你到底在哪里，拉提夫·雅库比？

我想念你的声音，说中文时平仄不分：今晚不许出去做坏事，你要是跟别人调情，我就来把你和他都杀死。

第二个周四晚，收到康晨的短消息，邀我去打保龄球。我依然不知道是集体活动还是单独和他，所以依然没回。

我确实对于国内男女之间的暧昧游戏规则严重无知，性格和职业经历使然，约会过的男人都是欧美人，不是我崇洋媚外，是中国男人至今没人来追我，看到我都觉得飞扬跋扈，没有人敢上前来。

我在男女关系中只熟悉鬼佬的规则：不管是一起去洗衣服，还是一起去医院，反正只要一男一女单独约出去，就够 date 级别。

而之后就是过程中的“ask out”-“go out”-“make out”-“work out”。

每个阶段有阶段性台词，表达也清晰可辨，可以像查字典一样明确知道在什么阶段，这就是我所熟悉的。

而对于康晨，这种在国内我没有任何机会接触的年轻 office 人士，到底有着怎样的规则？

如果在 office 圈子这是“ask out”，意味着他应该是“single and available”状态，那么我该做的事是确定自己有爱上他的可能。要不然，大家浪费生命，实在没有必要。

如果这是“hang out”，那倒也无妨，但我不知今天的邀约算是哪一种，所以依然没回。

第三周，他叫我去打篮球，我实在想象不出我和他打篮球是什么场景，如果定点投篮比胜负倒也算了，因为我的体育课这一项是满分，如果他找我去看他和别人打球，给他当拉拉队长的话，那他得掂量下自己有没有灌篮高手的水准。

于是又一个星期没回。

他从不在同一个星期内再约第二次，貌似底气十足，有着一路优等生的矜持自信。

从他在飞机上问我要电话号码的方式就初见端倪 ——他知道他可以约到我,待定的只是时间问题。

第四个周四还没到,被欧摩尔的乌鸦嘴不幸言中,我从生死疾速穿过沙漠回家的路上,出了车祸。

一个埃及老妈妈开的小 QQ 从 U 道忽然窜出,我在半出神状态迅速躲闪,撞在了路边。要不是因为欧摩尔老先生租给我的是越野车,可能我就要脑残身残。

成群无所事事的埃及人潮水一样涌来,将我包围,朝我叽里哇啦说着阿拉伯语,我又紧张又害怕,狂打欧摩尔的手机,不想他的手机却正好关机。也不知为什么埃及人的手机总是很难打通,以前我以为只有雅库比的手机如此,在埃及待久了才发现,埃及人不接手机或者手机不在服务区是家常便饭。

穷途末路之际,我翻着手机里寥寥无几的埃及号码,最后还是打给了康晨。

他刚下班,正准备和同住一个公寓的商阳去公司食堂吃饭。

十分钟后,他和商阳火线赶到,用阿拉伯语和埃及老妈妈说了几句,拿出几百埃镑分给当事人,事情就哈啦斯(结束)了。自始至终,没有交警出现,观众们作鸟兽散。

我对康晨的冷静风度,印象深刻。

为了答谢他们火线营救,那晚我请他们吃饭。

康晨带我去上海人家,在上海,这是烂大街的小饭店,但在开罗听到这样的饭店名,不管饭菜味道如何,起码觉得亲切无比。

一进门,老板娘是崇明人,用崇明话来招呼,和康晨仿佛很熟络。

康晨和商阳也很会点菜,商阳在一旁插科打诨,包揽所有忌讳但必要的话题,把我的各方面状况直接问了个遍,饭吃得很热闹。

不停有他们公司的同事过来打招呼,每每好奇地打量我,商阳和康晨颇为默契地介绍说,是自己人。别人也就重复着“自己人”,一边再多打量我几眼,笑笑的。

饭吃到尾声,商阳起身接了个电话,回来拿了康晨的车钥匙先走了。一边对我说:嘿,美女,麻烦你把我家小骚货送到家,我怕他一个人回家会被埃及男人强奸。

贱人,少TM犯贱,快滚! 康晨一把把商阳推一边去。

他们用词真够火星人,我目瞪口呆不知该说什么好,确实对我来说,他们并不比埃及人熟悉,到底脑袋里是什么念头,我一无所知。

就这样,在第四个周四来临之前,我成了康晨的“自己人”。

而你个王八蛋依然不在服务区。

32.

和康晨第一次正式约会是在尼罗河边的Fusion吃日本料理。他没直接单独约我,很符合上海男生进一步退两步的作风。怎个试探忸怩了得！

他很保险或者阴险地找了跟我也有来往的两个中间人一起。然后中间人临时提前找借口说要加班，四人晚餐自然上升到够格一个 date 的级别。

他的车准时停在 15 街的单行道上，打电话叫我下楼。

我们都能识别出彼此都因为这次晚餐刻意打扮过，型男索女。

他穿 CK 烟灰西装外套，丹宁布浅色裤子，架了副 IT 男的框架镜，有点儿从金贤重升格为裴勇俊的架势。而我也琢磨了一阵儿他当日可能的 dress code，从未见他穿过黑白灰以外的颜色，所以保险起见，穿了珍珠色流苏衫和小腿仔裤，头发扎了个光溜马尾，把骚劲儿都集中在脚上 7 公分的石榴红鱼嘴鞋和同色大圆耳坠上，当然口红的颜色也一并搭配过。

在库尔尼师下车后，要走下长长的阶梯，他事先预定了临河的桌子，尼罗河从桌边迤逦而过，波光在大理石桌面上印出一扭一扭的折光。

他的开场白，不知是不是现在都市白领相亲的范文，中学哪里，大学哪里，工作职位、性质，月薪多少，奖金情况，来开罗的目的，三年计划和五年计划。

我压着自己的惊讶，也对应着他的条目介绍自己的大概，当然来开罗的目的一项含糊而过，没有刻意去衡量，只是下意识地一笔带过，没有像对其他人那样发表宣言表明我爱我的未婚夫。

这样的开场之后，两个人都笑了，发现我的高中和他的高中，是对口的绯闻学校。

上海西区的好女生都进了我们女校,他的学校里自然就是男生过剩,是有实无名的男校了。

日本风情的音乐衔接着一切,穿黑色改良忍者服的服务生训练有素地上菜撤盘,康晨悠悠讲起在叙利亚留学的生活。

我的心里有种久违的温暖禅意。

之后,因为需要餐巾纸,我们本来出镜的言情正剧忽然变成搞笑剧。

两只精致小茶杯端上来时,康晨问服务生顺便要餐巾纸。说了 tissue,服务生没半点反应。

我换了个词儿,说 napkin。

服务生依然没反应。

我和康晨面面相觑,都自认英文了得,平日和欧美人插科打诨都不在话下,于是把能表示餐巾纸意思的英文单词悉数砸上。

服务生眨着长长睫毛的荷鲁斯之眼,依然不肯开恩去拿餐巾纸。

可怜我们两个穿得那么漂亮,举止那么优雅,无计可施的状况下,竟然说出了 diaper(尿不湿)。

服务生这次恍然大悟,终于肯行行好去帮我们拿餐巾纸。

而我和康晨自此自信心大受打击,整晚不敢轻易说英文。

餐巾纸真拿在手里,老想着尿不湿,优雅的姿态里也就多少有了点麦兜上身的痕迹。

但这样的第一次约会,也算足够余生笑着回忆,一切那么美好,绅士淑女却拿着尿不湿擦嘴角。

吃过饭,并肩漫步在尼罗河边的树阴小道上,偶尔一两片白帆经过,响起船家欢快的船头小调。

我和康晨讲起很多年少时光,吴侬细软,咿咿呀呀。

曾经幻想过很多在埃及住下后的场景,却没有一段是如此这般的。

我很喜欢康晨叫我的方式,固执地和我讲上海话,就算我讲普通话,他也讲上海话。有可能是不想让别人知道我们之间的谈话内容,也许只是习惯问题,无从考证。

其实从圣西女校开始我们都以能讲京腔普通话为时尚,大学里外地学生更多,除了和父母在一起没什么机会讲上海话,工作起来英文德文比中文用得多,上海话讲起来脑袋倒要多转一圈。

别人叫我奇奇,在国外的人飘忽不定,名字只是一个符号,叫着方便,没有更多意义,除非觉得彼此真的会相守或停留。

他每每叫我大名,说有真实感,前面一个"哎",后面一个"呀",合一起就是"哎,梁薇奇呀"这样的开头。上海男生都会这样叫人,很温柔,让人觉得有被照顾的感觉。

而每当我自己又感觉被他照顾的时候,我就很害怕,就会在心里多加道防线,不能让自己有一天在他面前丢盔弃甲。这样我就会在下次要见到他之前,多磨蹭一会儿,来让自己显得不在乎他。

虽然在上海长大,我却不喜欢上海,除非我能确定康晨是独立于上海所有典型特性之外的,我才能允许自己爱上他。

不知为什么习惯于和这个世界针锋相对，用最坚硬的外表去掩饰自己的血肉之躯，扮出一种玩世不恭的坏女生模样和人保持距离，这样才有钢筋铁甲铸造的安全感。

康晨的出现，让我觉得自己有可能是软弱的，有可能是喜欢被照顾的，像牡蛎一样一旦被撬开硬壳就软弱得一塌糊涂，这实在很可怕。

每一次见到他时，都会内心反复挣扎，是该用上海男人和H公司的市侩气与所有最鄙俗的男女游戏中的勾心斗角去想象他，还是相信他的层层保护色之下有着一颗赤子之心？

相对于同龄男孩，他成熟稳重，从未见他惊慌失措。那是不是相对于上海这个小气的城市，他愿意尝试生活中更多的可能性，大气地欣赏一些不同的东西，进而有底气看透我这样的轻熟女其实比19岁的女生更相信天真浪漫的东西？

我只是反复想一些和他有关的事，而在之后每一次交往过程中没有进展，也没有更多答案。

和他见一次和见二十次，没有多大区别。

每个人都被密封了，做成铁皮罐头。

该被扳手启开，该被剁成大块小块，放在大盘子里端上来。

33.

被外派来开罗的H公司职员其实大多比我年纪小,且资质相仿。一路重点学校优等生,然后毕业直接进了H公司,住公司统一安排的公寓,吃食堂,同进同出,和学生时代并无多大区别。

他们总是成群结队,作息规律,脸上有民营企业职员常见的中规中矩的表情。他们对领导的态度非常恭敬,和外企直接拍上司肩膀直呼其名的气氛决然不同,至于开个低级玩笑之类的就更想都不用想了。

在玛阿帝的街道上,很容易识别他们,白衬衫深色裤子的就是。我曾问过是否公司要求穿白衬衫,原来不是,大多数H公司的男生不知道怎么搭配衣服,也坚决不会尝试花色夸张的。稳妥不犯错是他们的首选。

其他在玛阿帝出没的中国人有在山上做大理石生意翻译的,虽然和H公司的这群男生差不多年龄,但总是灰头土脸,举止也很江湖。中国的留学生都住在学生城附近,学生公寓租金便宜,生活费用都比玛阿帝要低很多。只有我这种对生活细节格外敏感的人,才宁愿天天穿过沙漠去学校。

我的大圆脸确实害人,H公司的男生们都想当然地把我当小妹妹,凡事很照顾我。

我从没告诉过他们我也会烧菜，埃及烤羊排、mesakaa（埃及馅饼）和各种意大利面都很拿手。他们只当我是饭来张口衣来伸手的大小姐，甚至笑话我扫地越扫灰越多，洗个碗要打碎一半。

周末男生们时而下厨，菜烧好了，碗筷摆上，由康晨负责跨过 206 街和 15 街之间的老铁路，把我接去。

康晨早提醒我，和他们一起吃饭不能装淑女，果然开席之后，众男生大快朵颐，一道道菜被迅速歼灭。

康晨看我还在扭捏作态，有点儿急，提醒我：反正你没刷牙没洗脸的时候我都见过了，你在我面前早就没面子可言啦，还装什么装，想吃饱就快出手咯！

34.

在学校里，吃了阿伊莎的三颗无花果后，我们自然亲近起来。

一次课间休息，在学校昏暗的盥洗室里，我和阿伊莎交换了彼此的眼线笔。她羡慕我的清淡裸妆，而我总是画不出阿拉伯女子妖娆的眼线，也不知她只把指尖染红用的是埃及哪种古法。

于是我先打开了我的化妆包。用 Bobbi Brown 的自然色底霜，蜜粉只可垂直扑不能来回擦，唇色要清透，眼线要挑起眼睑画到最细。然后我把她手中的粗眼线笔和酒红唇膏撇开，把我自己的化妆包递给她：

试试这个。

一旦她有东京女子的底妆，纽约女子的酷劲，巴黎女子的低调性感而不是阿拉伯流行天后 Haifa 那种赤裸裸的勾引，她离她好奇的世界就近了。

是我擦掉了她超长卷曲的浓黑睫毛膏，是我建议她不要勾整个眼睛的眼线，而只在上眼角藏一条小细线。

然后我说起周末晚上在沙漠尽头的别墅派对。

她兴高采烈地答应了。但她要我和哒哒帮忙瞒着她家里。我们需要去接她，跟她父母说是学校的活动，然后保证把她 12 点之前送回家。

高中时代，把枕头埋在被子里堆出人形骗过宿监，然后爬出圣西女校的高墙，拿着假身份证瞒天过海出去玩的时刻又到了。

很搞笑的是，阿伊莎竭力想把自己往清淡了打扮，在寸步难行的情况下要自由要刺激要惊喜，而我却努力想变成一个地道的埃及女人。怎么扭腰跳肚皮舞才能更露骨？哪种眼线笔能让眼睛像蒙面阿拉伯女人那样妖娆动人？

而曾经拉提夫·雅库比最打动我的诱饵，是我要蒙上面纱，成为他继房子车子后的一大件儿，在余生里相夫教子，待在家里，只勾引我法律上的丈夫。

这样很好，从此清晰明了，我是他的女人，他是我的男人。

上海的气氛时常让我作呕，不管是在男女关系上，还是在生活方式上，小心翼翼，明哲保身。冷血是那个城市的偶像，人们赛着谁比谁冷酷谁比谁恶毒，每天希望在镜子里辨认不出自己，未来感的玻璃建筑群里,假面舞会无处不在。

而我心底里向往的不过是一些俗气的真实面对各种欲望的小日子。少点机关算尽,少点虚情假意,我只渴望这世界还我一点至情至性的东西。

所以今生要从遇见你才算开始,之前都是狗屁。

35.

埃及有很多黎巴嫩难民,阿伊莎的家庭就是。她只会讲埃及土语,当学校的课程慢慢难起来的时候,她渐渐显得孤立无援。

因为青蛙眼老太不会英文,所有课程都是以阿拉伯语普通话教,基本词汇积累的阶段,这种教学方式就已让我们吃尽苦头。比如青蛙眼老太比划一只鸟的时候,可以有很多可能性。到底这个单词是麻雀还是鸽子,还是所有鸟的统称,根本不可能在课堂上搞清楚,都要靠课后再去查资料确认。

如果之前糊里糊涂地混下来,到现在阶段就根本没法跟上进度。

我和哒哒以及韩国姐妹都可以用英文互相讨论一下,再不明白还能抓康晨来补课。

从格鲁吉亚、塔吉克斯坦来的女孩都聚在一起讲俄语,重新有了前苏联的迹象,而科索沃的几个小辫子,叙利亚的,阿尔及利亚的,都可以用自己的语言交流。

只有阿伊莎既不会讲英文，班里又没有埃及本地学生可以讲土语，开始变成全班的老大难问题。

土语与普通话能相差多少？只要感觉一下一个北京人听广东话是什么状况就可类推了。

阿伊莎的阿拉伯语就一直停留在最初的水平上，迈不过下一个坎儿。和她的沟通，只能手脚都用上。

同样迈不过下一个坎的是开罗时光。A 面 B 面，B 面 A 面，卡带上不断被 replay 的一切一切。

循环往复的一日五次清真寺宣礼，在祷告的时间，走路的喝茶的吵架的打架的穆斯林，全都忽然朝着麦加的方向跪下，开始祷告。有的就地跪在马路中央绿化地带、跪在商店门口。

电台里循环往复的埃及流行歌随时可以挑一个音节开始跳肚皮舞。

循环往复地回忆你，问各种人你最后对我说出的乱码，得不到解释。

循环往复地在 Metro 超市、玛阿帝俱乐部、冰淇淋店咖啡店面包店遇见以 CK 款式简洁微笑着的康晨。

玛阿帝太小，法国学校，美国学校，中国 H 公司和它们的死对头 Z 公司的员工又全部驻扎于此，选出外派的又都是刚大学毕业的年轻人，整个状况与大学校园没多大差别，几个中餐厅就是食堂，玛阿帝俱乐部是体育场，九街就是大学后门上完一天课后可以去喝咖啡吃甜点的地方。至于绯闻男女的行踪，由于公司安排员工住的公寓都是 2—3 人一套,也很容易被撞破,谁约谁喝了咖啡,谁和谁去打了保龄球,谁和谁在哪天手牵手散了步,都很快会风传。想谈一段地下情实属不易。而由于男女比例悬殊,能约到女生喝咖啡的男生会在公司里被认为最近很"骚",而骚和贱一样是绝对的褒义词。

既然都是80后的小孩们驻扎于此,生活上能安排得井井有条的自然没几个。一般H公司和Z公司的中国男生都是从发薪水的那天开始,遵循如下花钱规律:

T. G. I friday,必胜客,麦当劳,睡觉。

必胜客,麦当劳,麦当劳,睡觉。

麦当劳,睡觉,麦当劳,睡觉。

睡觉,睡觉,睡觉,睡觉。

如果有人能炒个菜出来,随便多难吃,都能在圈子里混个精通厨艺的美名。对于身为独生子女的我们这一代,做出的饭没把人毒死,就真的值得表扬了,我们在日常生活方面对自己的要求并没多高。

而所有"精通厨艺"的大厨们,不知是开罗的材料问题还是其他问题,随便是孜然羊肉还是地三鲜,抑或宫爆鸡丁黑胡椒牛柳,都有本事炒出同一个味道来,如果闭着眼睛吃,根本吃不出有什么区别。

大家都开始叫苦连天,只好混搭。甲的宫爆鸡丁,乙的咖喱牛肉,丙煲汤,丁炒素……这样就可以避免每道菜都是同一个味道的尴尬了。

混在康晨公司的一群人里,感觉热热闹闹的气氛,虽然种种人情往来我很陌生,很多时候不知道怎样应对才算得体,但能牵制我的注意力,让我暂时从你给我带来的激烈情绪里解脱出来。

36.

Taquela!

OLA OLA!

如果还有什么能救我于水火,就是拉丁踏板,买了 Samia & Alouba 的会员卡,这一节的开场总是通力叫嚣着这几个词。

我竭尽全力地调整自己的生活,希望能找回点儿内心平衡而自足的状态。

拿了新的课程表回来贴在冰箱上,用荧光笔勾出我最喜欢的踏板操和拉丁有氧课。

然后去 City Star 买了两套新健身服,一套红一套白,因为去上健身课,被全体来参加的人注意和监督,我才有毅力把每个动作都做到标准。所以一定要站在第一排正当中的位置,不然就没精打采不能坚持到最后。

对于第一排正当中的位置,健身服背上的花样显然比其他地方更重要。红色的一套,整个背上只有两个交叉的细带子,很有 SM 癖好者用刀在背部划了两刀的效果。另一套白色的,开成椭圆形的镂空状,里面穿白色的运动胸衣,整个后背就是一个希腊字母。

办会员卡的时候,还附送了张一个星期的体验卡,正好把阿伊莎带上。

其实,很多埃及的健身房都是男女分开的,就像理发店一样,坚决不能走错。但这是外国人聚集的玛阿帝,很多设置也就和国际接轨了,有氧室里混进很多男士。

阿伊莎看到里面有男人,有点胆怯,和我在更衣室里换好运动服后,重新用小别针固定了头巾,我觉得她这样去跳踏板肯定热死,但她想了想,还是蒙得严严实实地才肯见人。

有氧室里的状况很能体现埃及特色,阿伊莎这样装扮的还有好几个,而天主教的女孩们却穿得无拘无束,欧洲女子就更性感暴露了。埃及就是一个麻辣烫一样的国家,什么都可以混在一块,井水不犯河水。

我当仁不让地搬了踏板就占据了第一排当中的位置。

埃及女教练有点吃惊,挑衅地问我:你确定要这个位子吗?

我笃定地点点头。

跳踏板,我不会有半点怯场,因为我健身的历史可以追溯到上海第一家健身房开张,而会员卡是我的摩登老妈送我的生日礼物。

所有踏板和有氧的动作都难不倒我,无论是两个踏板混合穿插着跳,还是把所有人的踏板连成圆圈跳,我从来都游刃有余。

埃及女教练显然觉得我的张扬是对她的冒犯,何况我身上的红色健身服比她身上的普通白T恤炫多了,她想杀一杀我的气焰。

于是上来就开始做难度很大的旋转组合,我笑眯眯地配合她一起,曼波恰恰,三次绕板,抬腿knee,转身半过板,板上拖臂小跳……这些不可能难倒我。就算连续转,只能转到连她自己都忘了动作,朝满屋子的会员吐舌头，我还是有条不紊地跳下去。

第一节课跳完，她脖子梗着，拎了包就走人。

我也不屑等待她的赞美，说阿拉伯语我肯定说不过她，要是跳踏板操，这世界上比我跳得好的还真不好找。

健身房里有点竞争的气氛，我很喜欢。

后来再轮到她上课，她就玩阴的，在踏板里加入肚皮舞的元素，需要抖肩膀和晃脖子，就像新疆人天生都会的那种抖法。

这时全教室的埃及人都抖得协调又好看，而我知道自己抖起来活像千年僵尸。

抖也不是，不抖也不是，这时第一排正当中的位子就没那么可爱了。

轮到我朝大家吐舌头。

37.

哒哒的短发又削过一层，离光头只有一步之遥，头皮和浮着的一层浅红头发相映生辉，隔着车窗玻璃像肩膀上装了个红气球一样。右耳上还是一溜 7 个耳洞，今天穿满了小银环。

真正的美人，就算只剩骷髅，一样沉鱼落雁。而哒哒，就是这样一位。

蓝色 beetles 1303 老爷车在 15 街楼前按了三下喇叭，连喇叭也因为上了年岁，发出干巴巴的老大爷似的哮喘。

她还是不肯放过我把桑椹和桃子记错的事儿，老远朝我大声喊着：TU - HE!

老爷车开动起来。

我们路过玛阿帝俱乐部的球场，上了高架，一路开过法老村的 cosplay 餐厅大门，开过九街上的冰淇淋店，开过索芙特酒店的赌场。

然后在高架正中央彻底抛锚。

哒哒拍打着方向盘大声用阿拉伯语咒骂着，然后又切换成英文说：我实在受够了，一定马上买个新车。

我们两个如花似玉的姑娘只好从车上下来，站在高架正当中，东张西望，等待有好心人来救助。

而东张西望的时候，我的视线随便停留在哪个埃及人身上超过 5 秒钟，都能找到和你相似的轮廓，甚至女人、小孩、广场上的雕像和广告牌上的大叔。没治。

到处都是你，胸肌发达，翘屁股，橄榄色的皮肤，抹了过多发胶的微卷头发，黑亮亮的。你在小破车前摆 pose，在咖啡店里摆 pose，在马路当中摆 pose，在每一个场合摆 pose。

在游泳池里戴墨镜，在黑灯瞎火的时候戴墨镜，在商店里买东西戴墨镜，在银行里数钞票也戴墨镜。

视线所及，触目惊心。全埃及有多少人口，就有多少个你。

也许找不到你，我就随便找个和你一个人种的埃及男人嫁了，用余生在他的身上找你的影子，也算是以另一种形式，实现我们在红海边许下的诺言。

38.

出玛阿帝，到尼罗河河岸，向左转，先去哈鲁湾接阿伊莎。

哈鲁湾大多数地域都是空厂房，在厂房周围隐着几条小街，房子都没有粉刷外墙，砖块外露，有的连门窗都没装，朝里张望一眼，家徒四壁，人们习惯盘腿坐在地上，点着油灯。

埃及社会贫富差距悬殊，穷乡僻壤处，民不聊生，政府设有固定的派发救济大饼处，而这一区经常因为排队抢大饼而发生流血冲突。

阿伊莎住在一幢没有粉刷外墙的土房子里，整个底层没有窗户，沿墙砌了半圈石棱子，既可以当座椅，又可以当床睡觉。

外面气温四十多度，这种结构的房间里却依然阴凉，不需要任何制冷设备，大概这就是埃及人在沙漠里自由生存的秘籍吧。

为了不让她的父母起疑心，我们说是一起复习功课。

我和哒哒素面朝天，装成要奋发图强的样子。我甚至戴上黑框眼镜去演乖乖女，不过书包里不是学校里的书本，是混场子的化妆品和衣服鞋子。

和阿伊莎的父母保证，在半夜12点之前把她送回来。

埃及老百姓对于外国人总有几分敬畏,所以把阿伊莎保出来倒不难。

按计划,我和哒哒为阿伊莎准备了她的行头,先去希尔顿酒店的大堂洗手间里换衣服,但阿伊莎却被安检堵在了大门外。

酒店规定如果不是传统阿拉伯装扮,可以随意进出,而阿拉伯装扮的,需要出示护照,但阿伊莎没有带护照。

无奈之下,我和哒哒先进酒店去换衣服化妆,阿伊莎只能在车里等。

我们快速梳妆完毕,转而把车开进停车场,轮到阿伊莎窝在狭窄的车后座慢慢退下面纱,退下头巾。

因为她从没参加过任何社交派对,家里也不许她参加,所以今天我们撒了弥天大谎把她从哈鲁湾带出来,有种犯法的紧张。

我在司机座上为她举着镜子,哒哒则负责放风。

阿伊莎忐忑不安地脱下长袍,穿上露出半个背的捻线绸斜肩裙,不安地看着镜子中的自己。

我和哒哒鼓励她脱掉里面打底的贴身纱衣,光腿直接穿凉鞋。埃及女孩不管穿什么式样的衣服,都习惯在里面穿上密实的打底衣,这样即便是露背露肩都没有任何意义。

她有点下不了决心,怯生生的,脑袋里千军万马在打仗。

我和哒哒交换了个眼神,下车去抽烟。

其实我们心里也忐忑,毕竟这和帮一个被父母锁在家里过周末的小孩情况不同,阿伊莎来自穆斯林家庭,来自我们不了解的宗教文化背景,我们这样做到底是对是错,很难清楚衡量。

我问哒哒:你觉得我们带阿伊莎去这个 party 合适吗?到底宗教的意义是什么?

哒哒举起双手,做缴械投降状:别问我,我过圣诞节和感恩节,但我遇到困难会拿出我的蒙古匕首,而不是呼唤上帝。

我也想了想:中国年轻一代,大概多是像我这样,平时不会想到要去寺庙或者教堂,但是临到危难之际,肯定把上帝真主菩萨神仙能喊的都喊一圈。

我们回头看看车里的阿伊莎,她还是犹豫不决。

哒哒借题发挥,说,衣服和自由永远是成反比的,当我们可以一丝不挂地在人群中穿行,我们就自由了。

你这是要自由还是要人类退回到类人猿时期呢?

两个未来的联合国秘书长讲起这些就没完。

而阿伊莎的长袍,最终还是没有换成晚礼服。

39.

总算在金字塔前的一幢别墅前停下车。

这是我在开罗社交场所的第一次亮相,不免因为对于规则不了解而有些紧张。

哒哒拿出 Nina Ricci 的小红苹果香水像喷杀虫剂一样喷了一气，又同样对着我扫射了过来。

我大呼小叫，香水的使用法则难道你不知道么？一定要在一米之外闻不到，只有别人贴近你才能闻到，现在恐怕方圆百里都能闻到。

哒哒一脸同情地捏了捏我的脸蛋儿：宝贝儿，这里是开罗，连男人都个个香喷喷地熏死人，你要是不比他们香，只能被人归入臭烘烘的队伍里啦。

好吧，开罗的规矩，你说了算。

她又打开皮夹把现金放进左边胸罩，我把我的现金交给她，放在她的右边胸罩。

然后她把唇彩和口香糖交给我，让我放在我的胸罩里。

最后是那把弹簧匕首，哒哒自言自语地说：这个还是我来负责比较好，house party 里的咸猪手可不少呢。

OK，现在我们就可以一身轻松随时跳舞而不用担心包被别人顺手牵羊了，何况这样我们仿佛都胸看上去大一点，脑袋小一点，好事一桩。

看着我和哒哒骚得过分的一系列举动，阿伊莎嘴巴努了努，但什么都没说。

我们香气袭人地下了车。哒哒又关照我一遍，派对主人的名字是：侯赛因·默哈默德·赛义德·穆巴拉克。

听到穆巴拉克，我很容易联系到埃及总统，我问哒哒，派对的主人是穆巴拉克家族的吗？

她耸耸肩：一般在阿拉伯国家里，有钱人都是大家族的，赤手空拳一个人拼出一番天地是不大可能的事。不过我告诉你派对主人的名字不是为了这个,拜托你这糊涂鬼别像记桃子和桑椹那样乱搞,一定要记记清楚:侯赛因·默哈默德·赛义德·穆巴拉克!等会你就知道了。

我和阿伊莎像背单词一样,狠狠背下长串的名字,然后朝她打了个搞定的手势。

三个人走向别墅大门。

走在我们前面的两个埃及奶油小生不知为何被努比亚门卫当场踢出来。

而接下来的两个漂亮小妞也被请了出来。

轮到我们,门卫问派对主人的名字是什么,我们三个像红卫兵喊口号一样整齐地报出:侯赛因·默哈默德·赛义德·穆巴拉克。

然后我们被恭恭敬敬地让进了门。

哒哒这才对我解释说:开罗混场子喝酒的人太多了,特别是那种打扮得鲜亮的,你看连主人的名字都不知道。

别墅外的三层泳池边点缀着很多真人大小的包金雕像,大厅的穹顶被巨幅水晶珠串吊灯占据,角落里还勉为其难地站着几堆和人一样高的古董中国瓷花瓶。

把浮华堆砌在一起,是埃及人最擅长的。

一个长得让我一瞬间想起本·拉登的男人朝哒哒张开双臂,哒哒的日耳曼硬线条忽然就变成阿拉伯小蛇跳舞了。

那该是她的男友斐萨,埃及和沙特混血。

埃及人的长相很难概括出基本的状态,有偏阿拉伯长相的,有偏欧洲长相的,也有其他长相的。当这个男人朝我伸出手来时,我竭尽全力赞美了这个美妙的阿拉伯之夜。

而他却颇有点被冒犯的姿态。

哒哒在一边拼命朝我挤眉弄眼,我一头雾水,不知她什么时候对我来了电。

哒哒见我木头疙瘩脑袋钝得要死,强行把我拉去吧台点鸡尾酒,我连朝本·拉登小子多说两句都没机会。

我一边想着是喝马天尼还是 Mojito,眼睛也在严格检查酒保面前的酒瓶子有没有埃及盛行的"Johnnie Talker"和"Black Table"。

埃及的假酒真幽默,一般瓶身标志完全一致,只有文字游戏,在 Talker 和 Walker 之间,在 Lable 和 Table 之间,玩的是那种考验眼力的找茬游戏吧。

哒哒劈头盖脸数落起我来,怪我怎么可以把斐萨和阿拉伯拉扯在一起。

我盯牢哒哒,想知道她是不是在开玩笑,他不是很正宗的阿拉伯美男子长相么?我家拉提夫·雅库比确实可以往意大利靠,但斐萨除了让人想起本·拉登,还真哪儿都靠不上,我把他往别的地方说,他自己都不会相信的吧?

奇奇,你到现在还不知道埃及人不愿意承认自己是阿拉伯人吗?你没注意连青蛙眼老太说到假期计划时都会说:有空我得去阿拉伯国家度假去,比如摩洛哥。

哦!我似有所悟。

埃及人这种观念大概就像，“哦，我不是法国人，我是巴黎人。”或者“我不是中国人，我是上海人”那种感觉。

在埃及，看看咖啡店里把头巾扎得跟朵大鸢尾花似的女孩边上坐着另一个穿大露背的女孩，谁能心服口服地说这里是阿拉伯呢?

埃及就是埃及，不代表阿拉伯，也不代表穆斯林。

我端起已经调好的薄荷 Mojito，抓起哒哒的手背贴在脸上，蹭了蹭。

成！懂了!

40.

场子里五彩缤纷的人物们，乱花迷眼。看来我真小瞧了埃及。

以为不蒙面不包头巾就可以算时尚了，而事实上，我的希腊长裙是场子里最没亮点的一个。

迷你裙短到露出半个屁股不稀奇，低胸不打底更是每个女孩的必杀技，弗拉明戈打扮的女孩头戴嫣红大花配黑色檀木小扇子，平日街上看不到的直发埃及美女比比皆是。

国籍混杂，美国人和法国人各自成群，其他国家的没有太多界限，哒哒显然是这里的宠儿，每个人都来和她打招呼，每个人她都认识。她的短发略略长了，卷成白俄贵族式样。

一个退役的埃航飞行员跟我打了会儿差，他的标准美音英文让我很舒服，肢体语言也没有任何埃及人点头晃脑的迹象，大多埃及人都会点儿英文，但口音不敢恭维，对于嘴里说出的句子自己都一知半解，更别指望他们能明白你到底想说什么。我很高兴能想象着眼前的飞行员当年穿制服的模样，一边聊聊他飞行过的地方，就和他一起喝了一杯金佰利苏打。

他指着场子里摆着 pose 的各色小开们，悠悠道：

社会等级森严的开罗，能来这个派对的男宾，多是有些背景的。

一不小心就遇见个穆巴拉克的侄子或者本·拉登家族的远亲之类，全属正常情况。

很多中东石油巨头的公子也可能出现，因为埃及相比阿拉伯国家，还是声色犬马样样有的。

唷！是吗？我故意眯缝眼睛上下打量他，那么，你是谁家的公子哥儿？你家的后院就有油田吗？

他呵呵大笑，朝我挑挑眉毛。

我仿佛可以从他的脸上看出几分阿拉法特的轮廓。

当他建议再来一杯时，我才发现 17 岁的阿伊莎不见了。

从一个回廊到另一个回廊，从宽敞的半圆露台到屋顶，我拖着我的希腊长裙在人群里四处寻找。

使命感让我自己始料未及，17 岁的阿伊莎，如果不是我们帮她瞒了父母，现在已经在哈鲁湾的小阁楼里睡觉了吧。

我搜遍每一个房间，没有，哪儿也找不到她。而哒哒肯定一和斐萨腻在一起就没了魂，估计早忘了自己想当未来的联合国秘书长了。

我独自走出别墅大门，看看四周还有没有别的地方。

别墅的后面，有一个小楼梯，不经任何房间，径直通向屋顶。我仰着脖子朝上打量，阿伊莎不会去了屋顶吧？

我只好站在门口，抽烟，时不时改换姿势，守株待兔。

这是开罗的东南角，在大片绿洲与沙漠的边缘地带，夜色里的树梢，逆光之下，晾了只佯死的粪金龟。

一个传统小王子打扮的阿拉伯男人牵着骆驼经过我，他长着和你无限雷同的脸。

他让骆驼跪下来，把我抱了坐在驼峰之间。

骆驼又缓缓起身，站立。

他让我抓好缰绳，嘴唇抿在一起发出“呲”的声音，又大喝一声“哟嗬”，骆驼噌地一下窜出去。

我身体轰然朝后一仰，发髻跟着披散，吓得嗷嗷大叫，但骆驼却踩着小开的喝声，在别墅前的绿洲小径飞速跑起来，远处是无尽沙漠，更像无边的海，一切沉浸在莫名其妙的宇宙感之中。

骆驼主人就那么袖手旁观地在原地看起我的西洋镜来。

风声四起。

我渐渐在风中找到一种至情至性的豪迈感，头发甩甩，双唇微翕，浑身放松下来。

和着风声，我拉着缰绳，大喊：哟嗬！

骆驼，骆驼，带我去看消失的空中花园吧！带我去找我失踪的未婚夫吧!

不知过了多久才回到别墅前,骆驼的主人含笑站在原地。

站在他身边的,还有哒哒和斐萨。

曲终人将散。阿伊莎才终于悠悠回到了我们的视线里。

她身边多了一名护花使者,巧克力肤色在夜色里发出盈盈亮色,深眉眼,翘鼻子,正是考古系的系草梅根。

这天,我终于坐上了梅根的拉风跑车,一路从沙漠和农田边缘开到哈鲁湾,已经凌晨三点半。

棚户区里的闲人们好奇地注视着我们。

阿伊莎的母亲一把把她揪进屋里,17 岁的女孩回过头来朝梅根告别的目光,瞬间被虫子蛀出一个个紫色空洞。

她的父亲则指着我的鼻子骂我是个中国坏女人,骗了他们,败坏了他们家的门风。

梅根赶忙下车来用阿拉伯语解释了几句,他应该不是埃及本地人,说的是夫斯哈。

谁知阿伊莎的父亲从墙根里拾起两根竹棍,挥舞起来。

我吓了一跳,看这架势今晚一场恶战在所难免,我要到哪里去搬救兵?康晨打架的胜算有几分?

我上去拽梅根,心想小子你的跑车就该用来溜之大吉的嘛。

谁知,他做了个制止我的手势,神态自若地迎上去。

阿伊莎的父亲把一只竹棍顺势传给了梅根。好像梅根早有准备,稳稳接住，难道就像阿拉伯女人都会肚皮舞一样，阿拉伯男人都会舞竹棍吗？

两个人目光汹汹，直勾勾地锁住对方，脚步却像是练武功一样按着什么秘籍移动着。

我看呆了。周围不知何时聚了一圈好事之徒，吆喝起哄声连绵不绝。

一老一少两个阿拉伯男人在人圈里，手中的竹棍像是孙悟空的金箍棒一样，一挥一收，抑扬顿挫，此消彼涨，格外有韵律。未见两人下狠招，但目光却在凌厉交锋。

终于，两个人的竹棍交叉成一个焦灼的大叉，拼尽全力的梅根，从牙缝里挤出一句台词：我喜欢你的女儿。

老父亲头上青筋凸起，眼却一眨不眨，对道：那你愿出多少骆驼来娶？

我听到骆驼，尖起耳朵，很好奇我和阿伊莎谁的价码比较高。我在心里期待一个血性的回答。说呀，到底是一万匹还是十万匹？

看热闹的人们也屏气等待着回答。

而在哈鲁湾尘土飞扬的夜色里，只有令人窒息的沉寂。

紧接着，呼的一声，一只竹棍从空中劈下。

梅根颓然落败，手中的那根被一劈两半，目光也跟着瘫落在地上。

阿伊沙的父亲大喝一声，收手把竹棍往地上一拄：滚！

周围掌声四起，一片叫好之声。

我上前拉起梅根，灰溜溜地离开了是非之地。

阁楼上阿伊莎的房间里，灯一直亮着。

41.

第二天上学,阿伊莎摘下面纱的时候,脸上有大块的瘀青。但对着我和哒哒粲然一笑时,却有种火光噼啪的隐秘光泽。

三颗无花果的毒素在我体内作祟,我有点儿后悔了。

每个人也许都有自己既定的轨道,我为什么多管闲事去扳道岔,何况我连别的道岔上会不会撞车都不知道。

青蛙眼老太有鹰一样的眼睛,不允许任何人造次,她狠狠敲了敲黑板:注意! 阿拉伯语的星期是这么数的。

黑板上七个阿拉伯语单词写得大大的,然后她翻译了一遍,是一周七天的说法。

很多时候,埃及人说的星期几和外国人的不一样,星期一,要用到单词是星期加二,以此类推,星期二,直接从字面上来看是星期三,星期三是星期四……

也就是说,一个埃及人跟你说星期三见面时,很可能他想说的是星期二,各位同学在生活中遇到这种情况时请反复确认下。星期一其实是星期天,因为我们的文化是把星期天作为一星期的第一天的。

我听到这里,捂着嘴冲出了教室。

拉提夫,你是不是在星期三的晚上来找过我?

当我还在 Samia & Alouba 里跟着 Dano 旋转曼波的时候?

那天甚至跳完健身房里的 fit hop,我还去新开的 Cinnabon 吃了一份甜品。

而那一天,不是平淡无奇的一天,而是我找了你这么久后,终于可以与你重逢的一天。

42.

我心急火燎地回到玛阿帝,门房大叔艾哈迈德永远在我要找他的时候半个影子都没有。

到家乐福去买一堆鸡鱼肉蛋回来,永远别想找到他来搬。公寓里水电煤出了问题,等他来修也要猴年马月,只能操着我现学现卖的阿拉伯语翻黄页打报修电话。

而每月领薪水的时候,他又第一时间跳出来了,没半点忸怩,拦下我:给钱,200 埃镑!

他的女儿总是解释说,父亲在祷告,在清真寺。用手指指自己的心,然后再指指圣城麦加的方向。

我别无选择,只能问拽得不得了的门房女儿,上个周三的晚上,可有一个埃及男人来找过我?

男人? 她不怀好意地朝我笑笑,眼睛在我的脸上搜索任何可能暗示我和这个男人之间关系的线索。

我严密控制着身上的每一个神经,不给任何多余信息。

没有,没有人,整个晚上我都坐在门厅里。她用了埃及女人特有的那种拧肩又扭腰的否定方式。

你确定?我沮丧而不甘心。

他长什么样子?也许我可以帮你问问阿默乐。她的手朝外转了一下,很夸张很有特色的手势,大眼睛更加好奇地观察着我的反应。

阿默乐是杂货店小工的名字,要问他,还是我自己去,不用任何人插一脚。

雅库比夫人,你的男朋友好像很多嘛,这样不好。

埃及没有谈恋爱这种观念,看对眼马上订婚,像我和拉提夫·雅库比这样,然后才能在这层订了婚的名头下开始约会,而约会也是柏拉图式的。男朋友和女朋友这种词儿多是狗男女的意思,所以我当然忙不迭要解释清楚,康晨是好朋友,不是男朋友,不过在阿拉伯语里好朋友和男朋友是一个词儿——还真跳进尼罗河也洗不清我的坏名声了。

门房的女儿才不给我解释的机会,早咯咯乱笑着走开去,丰乳肥臀一扭一扭的,脚上的廉价塑料鞋磕起一溜烟的灰。

而另一种可能性在这时刺痛了我的脑神经:如果拉提夫你真的周三来了,我那时正在 Samia & Alouba 跟着 Dano 教练跳 fit top,而这个门房的女儿如果跟你乱说了什么,比如我有好几个男朋友之类的,我又怎样才能知道呢?你这个超强控制欲占有欲的埃及怪物又有多少底气多少智慧来识别一切呢?

很多事情已然死无对证。

我叹了口气，觉得前所未有的疲惫。

43.

拉提夫·雅库比！

可以骂你。

可以骂我自己。

可以骂门房的女儿。

也少不了该骂那个长得很像你的 Dano 教练。

让我周三晚上不在家的，就是他的那节有氧课。

Samia & Alouba 在一幢老花园别墅里，有漫长的石阶和铺天盖地的植物，全开罗的潮人日夜出入于此，和开罗老百姓脸上惯有的基本款倦怠粗糙绝然不同，一进入这里，生活就热情了，就不能马马虎虎了。

每次去健身，我都要精心画眼线抹眼影，把头发扎成俏皮的式样。

特别是周三晚上。

这天晚上所有的女会员都会精心打扮去上 Dano 的课。

没有任何人能在这天晚上约到我，康晨也不行。

除了踏板操，我唯一还有兴趣的就是这节周三的 fit top。

实话实说，我去跳 fit top 是因为他长得像你的双胞胎兄弟，拉提夫·雅库比。

Dano的受欢迎程度又一次证明,你的长相确实出类拔萃,和你有相似轮廓的人都属于花样美男级别。

他的课要提前两小时签到排队,有时还有可能人满了,排不到,要去另一个小教室上枯燥的拳击课。有的会员会为排不上他的课而在大厅里号啕大哭。

Dano出场时,大教室里和歌星演唱会的开场没有区别,尖叫口哨和掌声轮番轰炸,他朝大家挥手致意,光芒四射的样子堪比任何摇滚巨星。没排上他的课的粉丝们,贴着窗户观看场子里的一切,甚至在窗户外面跟着跳的也大有人在,就差挥舞荧光棒了。

而每次结束时,全体会员都不离场,齐心协力安可。Dano只得再加跳一段伦巴。跳完,他深鞠躬说这真是今天最后一段,大家晚安,都乖一点回家去吧。说完拉门出去。

而全体会员没人离开,只在教室里整齐地拍着手,呼喊他的名字。

DANO! DANO! DANO!

3分钟后,Dano又回到教室里,接受大家的欢呼。

又加一段爵士舞。

……

如果这是最后的最后,女孩们会声嘶力竭地叫喊:DANO,DANO,我爱你!

拉提夫·雅库比,以此类推,原来你真的这么有魅力,只要看看和你长得很像的Dano教练,就没有人怀疑。

有一次，我跳错动作，其实我是故意的。

Dano 佯装气哼哼地从台上冲到我身边，我朝他以最美好的角度微笑，他一下子拉起我的手，一步步纠正我。

纠正好之后，依然拉着我的手，共舞了 5 分钟。引来健身房内外一阵阵尖叫和骚动。

当然，那天结束，我在更衣室里换衣服时，遭到的白眼和撇嘴啧啧之声，空前绝后。

后来发现，Dano 其实并不只是周三才在，几乎每天他都混在这里，被女会员围着。

各种年龄的女人黏着他，和他打情骂俏。但能买得起这个俱乐部会员的埃及女人，永不会对一个每周靠跳一节有氧赚 50 埃镑的男人动真情。

在她们离开后，一个人的 Dano，表情是落寞的，施施然翻看着手机，可能像大多数埃及男人的手机一样，里面存着女人们发来的挑逗、恭维和色情笑话，那是在埃及这样没钱寸步难行的国家里，这一类漂亮男子聊以自慰的东西。

他的表情，我在很多长得俊俏但出身低微的埃及帅哥脸上都看到过。

比如你。

44.

梅根在富家公子哥儿里,算是挺有意思的一个,也不见他渲染自己的门第和背景。

不像是家里指定他来学考古,倒是他自己心底最自然的一份闲情逸致。

他们的课程非常好玩,有时下古象棋,有时扮演壁画人物。今天白胡子老教授又在教用古法制纸莎草画了。

纸莎草是生长在尼罗河三角洲沼泽地带的植物。长得可以去演甘道夫的老教授一边介绍植物属性,一边把纸莎草的主茎截成40~50厘米长的小段,去掉韧皮,将木髓部分劈成尽可能宽的长条,之后把这些长条分两层铺到硬板上(第一层横铺,第二层纵铺),进行挤压和捶打,使用少量的水并利用植物本身的粘浆使两层长条粘在一起。

他指着晾晒的纸莎草说:晾干后,用石头或贝壳把表面打磨光滑,再把边缘修剪整齐,即可书写。一般的信件、短诗和公文可直接写在单张页片上,而篇幅较长的著作,则须将一张张的页片粘贴成长幅,写好后卷成一卷,其末端粘在一个木质、金属或象牙质的圆轴上,全卷以轴为中心卷起来,卷轴上附有由木头、金属或象牙制成的标签,记录一卷的目录或印章。卷轴一般放在由陶瓦或金属、象牙、皮革制成的圆筒内。纸莎草文献多数存放在图书馆墙上类似壁龛的藏书洞内,少量则存放在陶罐里。古埃及的纸莎草文献是用草秆削尖成笔,蘸颜料用象形文字写在纸莎草上。

梅根认真地做着笔记,之后如法炮制,做了一张,用古埃及象形文字写得满满的,要我拿去给阿伊莎。

其实我对古埃及文字比对阿拉伯语感兴趣,那些图画一样的小鸟、小鱼、眼睛和手,比虫子爬一样的阿拉伯文简单多了,猜也能猜出个大意来。

我从考古系腐朽斑驳的木窗接过这片纸莎草,像个特务样鬼祟离开。

本想敲他竹杠,让他用他的豪车载我兜风去,不过看他一脸愁云惨淡,今天先放过他吧。

一晃阿伊莎已经整整三天没来上学,我和哒哒都有点担心。

第二天就是周五,埃及的大周末,我和哒哒开车去了哈鲁湾。

周五是比较特别的日子,整个下午男人们都会在清真寺做礼拜,街上行人稀少,到达阿伊莎家的土楼时,女眷们都盘腿坐着,忙着做女红。

阿伊莎坐在墙角,像个困在笼中的小兽,忽然看到救星来了一样。看到我和哒哒出现在门口,眼睛里立刻有了活力。

她的母亲脸板得像个烫衣板样没有表情,甚至堵着门没让我们进。埃及人还是没中国人的城府,心里想什么,脸上就明晃晃写出来,没什么面子不面子的。

阿伊莎只好和我们在门口说话。

幸好,她的家人只会讲土语,我们用简单的夫斯哈交流,她们只能一知半解。

阿伊莎用求救的目光看向我们,指指女眷们忙着的女红,又指指自己,说,父母要她去结婚集市。

结婚集市?我和哒哒面面相觑,但我们听到的两个词儿都再明确不过,结婚,集市,他们要她马上结婚。

阿伊莎的夫斯哈程度也就只能告诉我们这些了,然后跟我们说个时间,是第二天下午两点,就在哈鲁湾铝厂边的空地上。

她的母亲脸色很僵,我们看这架势也不能再说更多,只把梅根亲手用古法做的纸莎草画偷偷交给阿伊莎。

告别时,趴在她耳边说,我们明天会去结婚集市找她,到时再商量。

并且告诉她,梅根说很想念她。

她的面颊听到这句顷刻桃红柳绿地艳起来,但很快就被更深重的黯然覆没。

45.

第二日我们当真去了结婚集市,那种景象超出了我们对于集市的一般概念。

尘土飞扬的铝厂这天人满为患，贫民姑娘们都聚集于此，廉价香水与浑浊的体味混杂在一起，单身小伙子们和姑娘们成反方向移动，目光扫过每一个姑娘的脸庞身段。

这一区的姑娘们都是蒙头巾穿传统埃及长纱的，但看着人的时候目光却火辣辣的。

我和哒哒坐在车子里，好奇地张望了一会儿，很难从那么多蒙头巾的埃及女孩中找到阿伊莎，而她又没有手机可联系。如果我们到里面去找，可能也被当作急着把自己嫁给埃及男人的单身外国姑娘，不引狂蜂浪蝶才怪。

我们又在车上看了一会儿热闹，发现如果小伙子看中某个姑娘，就会上前去说话，然后把姑娘拉出人群，找个空地坐下来交谈。有的一拍即合，可以当场定下婚约，姑娘会得到一条叫做“马德赫”的精致传统长裙，上面用金银丝线绣着繁复的底花。有的还会配一条金腰带，而男方的父亲会择日上门提亲。而没有得到“马德赫”的姑娘则郁郁寡欢。只能祈求真主在明年的结婚集市上找到愿意娶自己的男子。

阿伊莎在结婚集市上得到“马德赫”了吗？

我想起阿伊莎那好奇的大眼睛，对哒哒说：我们应该去找梅根，让梅根去向阿伊莎的父亲提亲，看得出，他是真心爱她的。

他家里肯定付得出丰厚聘礼，应该再简单不过，干吗这么纠结？

哒哒叹了口气，抿着嘴的样子有点闷。

奇奇，你真的还不了解这个国家和他们固有的文化。在婚姻上，不管家境如何，都不像欧美或者中国那样。

斐萨至今不能跟家里提起我,他的仆人曾经向他父亲偷偷报告过我和他的交往,他的父亲立刻把他招到沙特去,大发雷霆,警告他再任性而为就剥夺他的继承权。

他的父亲给他选了阿联酋大户小姐,门当户对在等级森严的阿拉伯社会里是很重要的。

至于摩洛哥和比利时混血的梅根,斐萨说是大实业家后代,来埃及前就已和表妹订婚了。

这些富家公子,不是你想得那么快乐。我可以慢慢来,等等看,但像阿伊莎的状况,一点挣扎的可能都没有。

而且埃及人普遍的婚姻观念,并不推崇灰姑娘那种版本的故事,阿伊莎的家人会因为女儿的夫家都是显贵而觉得自己被看不起,所以情愿把女儿嫁给一个地位平等的男人,从而得到尊重。

46.

回到玛阿帝公寓里,打开冰箱拿支水果冰淇淋放进嘴里。

看看日历,今天不是星期三,没有 Dano 的 fit hop 之夜,而是星期四,开罗的周末来临。

我开始被另一个恼人的问题困扰:

明天该穿什么好?

开罗的衣橱没多久又像上海的衣帽间那样装满各色衣服。

明天该穿什么好？当我又开始有了这样的念头，不知是该为自己高兴还是悲哀。

有那么点儿小心跳，明天要和康晨出去，究竟该穿什么好？

去见比我小三岁的上海男孩。

穿得优雅太成熟，穿得运动不够出众。穿得可爱疑似扮嫩，不可爱站在他身边又不搭调。

堆堆领，不要。

鱼嘴鞋，不要。

荷包裙，不要。

糖果衣，不要。

泡泡袖，不要。

空气包。不要。

sigh，明天该穿什么好？

睡觉睡觉。

47.

最后选了简单纯棉白T恤，上面印着血红大字“so what”。

这件T恤很能给自己打气。

我就是比你大三岁了,想叫我姐姐尽管叫,想叫我阿姨也无妨,so what?

我就是不懂你们办公室里的游戏规则了,so what?

我就是订婚人妻要勾引韩剧小帅哥了,so what?

配了条卡其短裤,我终于处心积虑地把自己打扮成漫不经心的模样。

康晨的车停在15街的单行道上,车头朝东,车尾朝西。他总是按规矩从东面开进来,西面开出去。

幸亏15街是没办法临时停车的,康晨每次都在车上打电话给我,所以不曾有机会和门房女儿搭上话。如果某日被人当着康晨的面称为雅库比夫人,那真是百口莫辩。

不过像我和他这样千回百转的关系,每每遇到敏感时刻都轻巧地回避,真有那一天,就算我终于无话可说,康晨怕是依然知道怎样让场面顺滑流畅。

比起你一根筋到底的臭脾气,康晨的小狡猾也让人叹为观止。

48.

投五个游戏币。

噩梦在2003年重现。

潘多拉的宝盒正在开启。

没有办法躲过我们的宿命。

James,我们只是坐以待毙,还是……

Kate,这就是生死时刻,我们必须全力以赴……

The house of the dead——SEGA公司05年出品的经典街机前,我和康晨全神贯注,手捧冲锋枪,站在Family Cinema的游戏厅里。

第一批异形生化危机的半人冲来,我和康晨奋力扫射,敌人发出怪叫并应声倒下,我们神经高度紧张,不断地加子弹,有时被打得焦头烂额,遍体鳞伤,但像是身在那个虚拟世界的末日英雄,彼此提醒负责的区域。

过了第一关,我们大舒一口气,我把下巴磕上康晨的肩膀,分数出来,我们成绩斐然拿到A,他赞赏地点头说,我们配合得不错嘛。

我们面色绯红,虚实不分。那一刻如果真的是在死亡之屋里,我想我会在下一批僵尸扑来之前,吻他到无可救药。

周围不知什么时候围了里三圈外三圈的埃及人,从小鬼头到年轻人,大概在他们眼里,我们是够有型的东方史密斯夫妇。

第二关紧接着开始,我们抖擞精神,往弹夹中加满子弹。

吸血蚂蟥等巨型怪兽,全都被我们打败。

当全部生命都死掉,我开始朝游戏机里再次投币,旁边碰碰车场里埃及小妞的笑声那么夸张,我不得不朝那边看过去。

我看见了:你!你拉提夫·雅库比正坐在一辆红色的碰碰车里,拼命追着一个埃及漂亮小妞的车撞她,小妞被撞得咯咯笑,又反追着撞过去。两个人都笑得那么淫荡,除了淫荡再也没有更适合的词了。

你周四没有来看我,我独自等你等到夜深,把灯一盏盏关掉,把蜡烛一根根灭掉,把眼角眉梢的胭脂散粉一点点卸掉。

你却在这里陪别的小妞。

我只能用最俗气最经典的词来描述我那一刻的心情——心如刀割。

我心如刀割地站在康晨身边,余光依旧竭尽全力注视着碰碰车场里的景象,而我在那个死亡之屋里的角色 Kate 又有了五条命,拿着枪和 James 依偎的姿势帅气又美丽。

已经打到第四关,又一批僵尸扑面而来,康晨冷静地说:你负责右边的和上面的,其他我来,这样不会浪费精力和时间,也不会有打不到的盲点。

我不能把抢一扔不管康晨怎么想去把你从碰碰车上揪下来捶死你,也许身边是其他男人可以,但在康晨面前不行,我不能明晃晃地在康晨面前做出这种姿态。我和他之间的若即若离,都必须留有最后的幻想空间为氧气,如果破坏了这种幻想,我和他之间也就窒息而亡了。

我一边因为碰碰车场上的你而心如刀割,一边又失魂落魄在 vedio game 里被僵尸一刀一斧地劈下来,鲜血飞溅,惨叫连连,渐渐我什么都听不见,康晨好像在关照我什么,是要我去打怪物的头部还是肚子?你还在和埃及小妞打情骂俏吗?我什么都听不见,为什么在关于爱的电影里,台词总是旧句子,场景总是雷同,爱着的人们难免要心如刀割,被老情歌一句句唱个正着。

我希望自己就这样死了算了,死在屏幕里或者屏幕外,都无所谓。

当我再次回头时，你正揽着那艳丽小妞的腰离开 Family Cinema，不过你的屁股似乎又不是你的屁股，没有我记忆中那么翘而挺。

也许我看错了人，又是一个和你有神似轮廓的埃及男人而已。

而已而已。

我是不是需要点抗抑郁症的药，或者镇静剂？

我快疯了。

49.

疯了。

疯了也好。所有的感官都处于癫狂状态，看到的听到的吃到的闻到的都有了艺术效果。

阳台上看到尼罗河对面的农田，被拧成一把把的油彩，不是绿色的，是红色的。

盲目的城市有了曝光过度的视觉效果，人影都开始逆光或者红眼。想抓住的重点，全虚了，对不了焦。

就做个疯子吧。

疯子一样想你念你，疯子一样找你寻你，疯子一样想把你大卸八块，把你漂亮的有八分之一罗马血统的头颅悬挂在我的窗棂。

于是，到金字塔下去等你。

你总要带团的吧，带团总要去著名的金字塔吧，那我就日日打扮得花枝招展，去金字塔守株待兔。

当你出现，我就当着祖国同胞们的面大声朗诵我们的婚约，并严厉谴责你四个月音信全无的恶劣行径。

要么，我就去报警。

告你强奸，虽然至今我都没正式和你做过爱，每次色诱你，都被你以是穆斯林为由不了了之。无论如何，在穆斯林国家强奸是很严重的罪名，只要女方报案，不用什么证据，马上立案抓人。让警方去调查，把你押到我面前来。

把你的照片交给警方，把你母亲兄弟的名字以及一切我记得的线索都告诉警方。

还可以从你接团时大巴上埃及旅行社的 logo 找出你效力的公司，然后找到公司地址。

去你的公司，说自己的朋友以前来埃及的导游叫拉提夫·雅库比，听说很好。指定要你来带。那你总要来带。

那么我就能当面扇你一巴掌了，最好是在埃及博物馆里的时候，回音效果极好，一个巴掌扇下去，响遍每个角落，让全世界的游客都知道一个签了婚约的埃及男人竟然忽然音信全无。

在你音信全无的这些日子里，我真想扇你，左边右边右边左边，腥红的血从你弧度完美的唇角渗出来，我会流着泪亲吻你的血迹，抚摩你，像你的乌咪那样。

50.

一直没有下雨的迹象,水浇到花盆里顷刻就被吸收殆尽,三天两头还会有莫名的外来种子在花盆里发芽,然后长出一棵小葱,或者一颗草莓。

老建筑的表面龟裂出深深浅浅的纹路。皮肤总是觉得紧绷绷的,每天做保湿面膜也没用。

有点想念上海的水分了,纯生物学意义上的。

胡桃木的镜子里,我看到自己日渐晒成小麦色的脸。我的肤色和你越来越像,食物结构也向埃及人靠拢,蚕豆酱,乳酪,大饼,烤鸡能吃掉一整只,烤羊排能消灭4大块,所以没多久胸稍微大了,屁股也大了,很快我就可以冒充埃及女人了。

从衣柜里拿出那件红色丝绒系带短裙拉到肩膀以下,两根带子耷拉着,我费力地往脖子后面绕。你不在,谁来给我打世界上最完美的蝴蝶结?

表情是平静的,记忆却在沸腾。

上次穿这件裙子,是上海的冬天,一定要漂亮地出现在你面前,所以穿着单裙,外面裹了件羊绒大衣。雨雪交加的坏天气,依然光脚蹬了双红色绑带凉鞋，你爱红色，阿拉伯的那种晃眼睛的鲜亮红色，在上海的时尚界会被笑话成乡下女的红色，我不管，只要你喜欢。

只要你喜欢我就做个乡下女，只要你喜欢我就做个 out 妹。

我很乡很 out 地去浦东机场接你，在上海等了你半年之后，所有朋友都开始说你根本不靠谱，叫我趁早醒醒。

我的朋友都在时尚界娱乐界混事，带到我身边的各路美男眼花缭乱，个个比你有风度，比你有见地，排场和身价就更不用提，连专业吃软饭的小男星也大有人在，但他们就算脱光了，我也没法把他们当男人。

我的首席闺蜜周南南恨你这多毛的小子恨得不行，遇见你后，我的情绪大起大落，经常到了客户要策划主题的时候，我交不出活儿。

她表情严肃，咬牙切齿要把你当旗子，升到人民广场市政厅前的旗杆上示众。

还有一次她想把你的照片登在她掌舵的旅行杂志中最有影响力的《良景》杂志上，向全世界通缉你这个爱情诈骗犯，《良景》杂志还有自己的网站和电视时段，她一度想网络、杂志和电视全方位通缉你，让你不得好死。

我一方面跟她分析，这样做其实是便宜了你，给你做了免费广告，你的出场费肯定飞涨；另一方面我千求万求，保证好好工作，天天向上，而且保证你很快就来上海向她证明你不是骗子，这才没让你名誉扫地。

幸好，你个漂亮的埃及怪物总算来了。

在浦东机场的大厅，怕冷的你穿着灰色棉衣，像你许诺过的那样，在人群里一把抱过我，用你拍电影一样不伸舌头的方式大口亲吻我，狼吞虎咽地，直到我不得不一巴掌把你扇一边儿去。

另一个埃及秃头大胖子站在一边毫不避讳地观赏我们亲热，末了，色迷迷地上前来吻我的手背，赞叹我的美貌和首饰，递上名片，附带介绍自己还是单身，收入每月八千（可能在埃及算是不错，表情得意洋洋的），住在市中心 muhandisin（后来知道是开罗除了领馆区以外本地人认为的上等区），名字是阿力·沙拉威。

沙拉威不止看着我的时候色迷迷的，看着你的时候也是色迷迷的，至于看着吃的东西、玩的东西的时候，色迷迷的程度就更上一层楼了。他那张脸，我一看到就特想放屁，放得又臭又响，就是什么地方很不舒服的感觉。

你由着他对我放肆，还口口声声说他是你的好兄弟，但我觉得你的眼中闪过一些隐晦的内容。要是中国男人的兄弟敢这么造次，早就把他给剁了。

沙拉威不知是没脸没皮，还是脑残，我和你手拉手，他在你另一边拉起你的另一只手，三个人走在上海大街上，被行人当外星人一样围观。最后我认输，任你们两个大男人做情侣状，自愿退到你们两个身后，装作不认识你们。

我和你的第一个晚上，沙拉威穿着他老妈为他准备的唐老鸭睡衣在我们的房间里晃来晃去，手里拿着一筒薯片，大屁股往床上一坐，和你聊天，没完没了。

他是不是爱上你了，要跟我抢你是不是，当心我一脚把他那地方给废了。我用中文对你抱怨着，反正沙拉威听不懂。

你的表情不知为什么在这个大胖子身边总有些让我揪心的成分，唯唯诺诺，暧昧得让我看不下去。

你什么也没说，任他赖着啰嗦着，摸着你的胳膊和胸膛，浪费着我和你在上海相逢的良辰美景。

托沙拉威的福，我和你在上海的时候一直没机会呢咕呢咕，一年后的今天，再次穿上这件裙子，你已不知所终，带子被我自己胡乱系上，像两条鼻涕虫一样。也好，如果我们在开罗的任何一个街角偶遇，至少你会停下来，帮我把带子系个漂亮的蝴蝶结。

你说过的，看到有人把蝴蝶结打得这么难看，你就怎么都睡不着。

51.

我手中的烟又短了两厘米。他杯子里的红茶又少了三口。

我和沙拉威心照不宣地较劲，看谁能在你的身边留到最后。

他摸你，我就亲你。

他亲你，我就坐在你的大腿上。

我的忍耐已经到了极限，真主安拉肯定要笑话我竟然跟一个男人争风吃醋。

最后沙拉威被他老妈的开罗长途叫出门外去，然后跟你打了个手势。你灰溜溜地和他出去咬耳根，这才一个人回房间来。

看来沙拉威出局，我赢了。

已是上海凌晨三点。

我和你忽然如此真实地面对彼此，所有在电话里意淫过的亲密举动都可以顷刻兑现，这时我们反倒拘谨起来。

台灯，镜灯，左床灯，右床灯，卫生间的灯，我观察了所有应该关掉的灯，心想如果我关掉其中四盏，你会不会去把最后一盏关掉。

我看着你，在电话里轻易可以说的想和你呢咕呢咕之类的话，却怎么也说不出口。

你站在窗边，我坐在床边，一切静得令人发指。

我走到你面前，开始为你唱黎巴嫩歌伶 Heifa Wahbi 的歌，每个阿拉伯男人都爱她，在上海等你的这些日子我学了很多阿拉伯流行歌，也会扭动腰肢，象征性地给你跳段肚皮舞，你看我多想讨你欢心。

你再次像个国王一样托起我的下巴，半晌蹦出一句话：你的脸是我见过的女孩里最大最圆的，像月亮一样；你的眼睛多么美丽，像母牛的眼睛一样。

我的眼泪顿时扑哧扑哧掉下来了，咬牙切齿推开你，回敬道：你是我见过的最漂亮的男人，像被闪电击中的土豆一样又黑又长毛，这就是你埃及风格的赞美吧？

那时我总觉得时间有的是，我和你有三生三世的缘分，怎么闹也闹不尽。

52.

你在上海第三天,沙拉威大概发现上海和开罗毕竟不是同一个概念,对我的态度来了个180度大转弯。

我真该注意一下,那天的太阳是从哪边出来的,晚上的月亮是不是蓝色的。

沙拉威竟然请我brunch。

不管沙拉威在埃及人里多么心机深重老谋深算,到底还是不能和中国人千回百转的圆滑比。吃到一半,他就翻着死鱼眼睛提起周南南来,当然,也是带着惯有的色迷迷的表情。

他奉sphinx旅游集团的使命来中国开拓出境游市场,《良景》传媒帮得上大忙。

我看了你一眼,你对我是习惯使用排比句的拉姆西斯,在他面前就是个十足小瘪三,只顾低头吃啊吃,连抬眼看我都没胆量。

而沙拉威一不做二不休,说:侯赛因先生派我们来是要完成任务的,如果无功而返,我和拉提夫都交不了差。

他非要把侯赛因前面加个先生,又在拉提夫的名字上用了重音,显然是个狗娘养的马屁精,以为有你这个漂亮的埃及尤物当砝码,我就该屁颠屁颠地为你们效劳,他真想得美。

我学着埃及人的夸张虚伪对他说:哦,我亲爱的朋友,中国人不在吃饭的时候谈工作上的事,这个话题以后再谈。

埃及人哪有不动声色的城府,沙拉威见自己的 brunch 没有立竿见影的成效,死鱼眼马上就露出了死鱼白。

我坐在椅子上,把他的情绪变化当笑话看,吃得更开心。

你却开始如坐针毡,也许你的腿太长,椅子不够舒服吧。

沙拉威是我的好兄弟,如果你能帮他……就帮帮他吧。

拉提夫·雅库比,原来你是会低声下气的,我还以为你只会用排比句对我说一连串的不许这样不许那样呢。

只是这个明摆着你捞不着任何好处的忙,我是无论如何也不会帮的。

你们穆巴拉克总统来求我都没门儿。

53.

那时你在我的地盘上。我起先只能把你藏着掖着,知道你那点喜欢摆上世纪 80 年代 pose 的嗜好没法逛我那帮牛鬼蛇神朋友的场子。

我跟我的那帮朋友约时间要讲“档期”,随便去什么地方都叫“出席”,结了婚的夫妻对外只承认是“很好的朋友”,不认识的倒可能会说点儿让人浮想联翩的话。女生不戴基本款胸罩,全都戴钵钵糕,男生都随身带化妆包,包里的林林总总起码够化个伪晒小麦妆的。

你要我怎么放心把你带出来晃?

你不抽烟,不喝酒,唱歌跑调,跳舞像螃蟹爬,连抽水烟都要被呛着。所以你小心地装酷,没有任何女孩能请到你跳舞,也没有任何男人能请你抽水烟,没有人知道所有这些只因为你懦弱又虚荣,不想让自己出丑。

你肯定没见识过我那帮时尚界娱乐界的朋友,他们会用恶毒而挑剔的语言把你评得体无完肤,比我小的方太会被冠名小鲜肉,比我大的则逃不脱大叔名衔,只有学会像明星一样宠辱不惊,脸皮厚厚,才能在文艺圈里活,而你个驴脾气的家伙绝对不是这块料。

你来上海不出三天,还是没逃出娱记阿 Ken 的耳目,在他的 blog 上出现了偷拍到的照片,你站在当中,一手拉着我,另一手是秃头大胖子沙拉威,我们三个人手拉手过马路。还有一张是酒店窗外拍到的,就是我、你和沙拉威一起在酒店房间里较劲的那会儿。

大标题是:广告教主梁薇奇埃及准老公秘密抵沪,酒店密室疯玩 3P。

没办法,隔天我只能带你去出席圈子里的见面会,澄清下没有 3P 的事儿。

把你往“潮”打扮,压个爵士帽,RL 蓝 polo 里多拉出一层短白 T 恤的边,然后拽着你去幸福路上的石榴酒吧。周南南那阵子很喜欢去那里捧磁乐队的场。

进去之前,我让你深深深呼吸。

Coca 那种狡猾的摄影师会给你拍个特写,然后把照片拉到细节部分,查看你的鼻孔是否干净,牙齿是否有蛀牙(这就是我事先告诉你拍照时尽量低头千万别咧嘴笑的原因)。

时尚杂志的编辑早就在你进入视线的第一眼,把你全身每一个行头的价值和扫货地址列出清单。资深娱记则可以分辨这些东西哪一件有特殊意义,比如一段绯闻中的男女明星身上,哪个是定情信物,他们总是像警犬一样灵敏准确地判断得出来。

进去 5 分钟后,你把我拉到洗手间。

我以为你想在公共洗手间里呢咕呢咕。

而你只是捂着胸口,上气不接下气地对我说:音乐怎么这么响,我的心脏病要犯了,我们快点走吧。

你在我的圈子里万众期待的首次亮相,就这样草草收场。和北京奥运会上刘翔的退场一样,让人扼腕叹息。

娱记阿 Ken 对你的总结陈词是:你走民工路线还是可以的,唱点刀郎之类的歌,下次再有好男儿之类的选秀,给你安排个第十名肯定没问题。

54.

零一二二三二九零二七。

每晚我在练习本上把阿拉伯语蚂蚁样子的课文从左到右抄完背

完，把动词变位记清楚，之后就忍不住拨你的手机号码。

还是不相信你永远从我生命里消失了。

还是不知道究竟为什么你这么消失了。

早知如此，你那次来上海的时候就该让周南南把你升到人民广场的旗杆上去，让全上海的人民都看着你，让我和你的事惊动市政府。看你还往哪里跑。

整夜整夜地失眠，安眠药都失去意义。

从 Drinkie 叫了五瓶 Vodka 和两瓶南非土酒塞进冰箱，连酒精都没法哄我入睡，只能去 24 小时的 Metro 超市闲逛。

把每一种味道的洗发水都打开瓶子闻一闻，把每一个番茄黄瓜土豆茄子大芋头小洋葱全都摸一摸，然后站在各种面粉的架子前，仔细研读上面烤蛋糕做曲奇的秘方，甚至拿出手机拍下来带回家。

就这样，凌乱神经质过着 MV 现场一样的生活。

偶尔，有人来做我 MV 里的友情客串。

一个午夜，我拎着两条翻白眼的冷冻海鱼和抱了一堆泡面的康晨撞个正着。他说家里的冰箱被商阳吃空了，半夜饿了只好来 Metro。

我喜欢他饿了的样子，比平时真实很多，没有足够力气来维持冠冕堂皇的形象。

女鬼。

无影也无踪

我是殷芳香

活跃和消亡

全凭一阵风

她竟然吟诵着总是在我的微波炉噩梦中出现的诗句，而我到现在都不知这句子出自何处。

万圣节后没有卸妆的女子或者留恋凡世的女鬼啃着苹果，眼角流着泪却发出青铜质地的笑声。

每次她出现的时候都在吃苹果，有时是红苹果，有时是青苹果，也有拿着黄苹果的时候，我起先不知道苹果的颜色意味着什么。

她的目光如同镭射，神经质地看向我，她说，你该去找找看风灵，你看上去可以的，你该去试试。找到了风灵，你就找到了一切的答案。

在她惨白流泪的面容前，我没有丝毫恐惧，只是被蛊惑，兴奋异常，我想象着风灵的形态，渴望探寻。

55.

15 街走到底右手边是两个巨型垃圾筒，才没有什么 Ugly Idol 手工珠宝店！

我的绝代双娇伙伴哒哒听了我和吃苹果的女鬼的对话，毛骨悚然。她说：哈比贝，你得去看看心理医生，你快被埃及这鬼地方逼疯了。

她写给我一个电话号码，要我和 DR. 莫尼尔先生预约个时间。

打过去,问莫尼尔先生在吗。

那边说,我是 DR. 莫尼尔。

你好,莫尼尔先生,我需要你的帮助,能否约个时间我到你的诊所来?

那边像电台主持人一样专业好听的男音答录机一样重复着:我是 DR. 莫尼尔。他把 DR. 这个头衔狠狠地强调了一下。

我终于明白 DR. 这个头衔是不可以省略的,于是用揶揄的口气说:DR. 莫尼尔! 能否约个时间我到你的诊所来,不胜荣幸。

那边这才多云转晴,心情大好:OK,明天下午三点,Maadi 10 街 43 号,就在墨西哥领馆边上。

第二天,我拦了一辆白色 Taxi,直接报出墨西哥领馆,但到达之后,并没有找到 DR. 莫尼尔的心理咨询室。门牌号码也离 43 号差远了。

再打电话去确认,他却很肯定地说:我的诊室开了十多年了,一直都在墨西哥领馆旁边,不可能找不到。

我在午后三点热烈的阳光下眼冒金星,开始觉得自己真是个精神病患者,生活在自己的幻觉里,竟然站在墨西哥领馆边,却找不到旁边开了十多年的心理咨询室。

我最后做一次尝试,叫 Taxi 司机把车开到 10 街的 43 号。

于是车开到了漫长 10 街的另一头。

终于找到 43 号,门牌上确实 有 DR. 莫尼尔的名字,旁边也确实有个大使馆,但旗杆上明明飘着阿塞拜疆的国旗,没有半点墨西哥风情。

真不知道这十多年里,原本正常而被心理医生 DR. 莫尼尔的诡异地址折磨疯掉的人有多少。

既然找到了,就听听他有什么高见。

我开始对他讲起我和你,让人笑掉大牙的那些事。

一小时到了,DR. 莫尼尔说:今天就到这儿,我的忠告是,你三天后再来,继续,多讲点儿。

56.

去 TM 的 DR. 莫尼尔,我才不去挂着阿塞拜疆国旗的墨西哥领馆,我到哪儿都能继续,都能多讲点儿,犯不着付 300 埃镑一小时。

15 街化着泪妆的女鬼总像是从我的神经系统内部钻出来的,她知道我的思想到了哪一点。

她依旧在断臂高悬的黑丝绒橱窗前拦下我,拉着我的手,把我带进 Ugly Idol 的古铜大门。

前厅悬挂展品的模特都有流泪的脸孔,每一具都残缺,被砍去双脚的男童,鼻尖被剜去的女婴,没有头的老年夫妇,他们的身上都戴着 Ugly Idol 的铜质首饰。

没有机械化的印记,没有任何弧线是相同的,没有任何一条线条是笔直的。散发着博物馆里陈列品的光泽,而不是百货公司精心调制的灯光。

女鬼手指出奇地热,拉着我的手有点烫人。她把我带到后面的工坊。

老橡树劈开一半，没有任何修饰径直做成宽大的工作台，上面有各种口径的工具材料，发出诡异的光泽。

也有厚度不同的各种金属板，锯子、锤子、签子、锉刀之类的工具凌乱地堆砌在材料之间。

她轻巧地拗下一段粗铜，左扭右扭，一个流泪的小人脸就出现了。

当然，也可以让他开心点儿。她自言自语地说着，把小人脸的眼角嘴角用钳子往上挑了挑。

就这么简单。人类是多么容易被操纵，你看，只要轻轻一扳。

从此我和女鬼为伍，在15街的单行道上朗诵那些讳莫如深的诗歌。

我们未曾活着，也未曾死去。

不会屈膝的女仆，没有欣赏者的微笑。

长期憔悴的牝鹿依在一串葡萄边。

我的眼角流出黑色的隐形泪滴。

57.

康晨公司的班车总是在我喝咖啡的时候经过，车里坐满制服系的中国白领新生代，神情倦怠刻板，他们一边羡慕我的悠闲生活，一边又死死被公司里的体系洗着脑，衡量一切都是升职加薪把竞争对手踩下去，生活的圈子就是公司，至于在埃及还是在国内没有任何区别。随便身在哪里，他们都只能活得当面卑躬屈膝背后骂骂咧咧。

民营企业隐私的概念和外企截然不同，薪资房产之类竟然属于家常话题。

我觉得对他们的世界一无所知。

按H公司员工的价值观，我靠什么赚钱过恣意的生活是至关重要的。

H公司的人经常盘问我的工作细节，渐渐确认我不是来路不明的女子。康晨倒是在这方面没让我反感过，所以我才会在心里觉得他和H公司的其他人不一样。

坦率地说，在我的行业领域里我是出色的。

如果你看过《Mad Men》，我可能不用多描述我怎样工作，银行的账户是怎样有钱入账的，你只要参看Don Draper就好。

我是个广告人。我用各种手段炮制目标人群的欲望，煽动这个欲望，直到人们成为欲望的奴隶，失去理智，乖乖掏出钱来买单。

我有在餐巾纸上记录灵光闪现的语句的习惯，没有上班下班，随时都要准备进入工作状态。

我不做零头碎脑的活儿，一个商品到我手里，就会每一步都由我策划完成，自始至终。

58.

为了不让周南南发现我已经身在北非，我只能在开罗遵循上海时间。清晨5点起床，起床后的第一件事是开 MSN，挂在上面，睡眼迷离地和她打个招呼，再回床上补睡。手机也要开着国际漫游，在开罗随时像在上海一样接她电话。

她要我出去混场子，我只推说手里的活还没做完，最近需要潜心策划，工作要紧，抱歉不能奉陪。

周南南是我的头号闺密，尽管我们在表现形式上南辕北辙，连长相都正好南北极。

她的五官轮廓极深，再浓的妆到她脸上都白费，改变不了什么，而且经年累月没有变化。幼儿园时的脸什么样，高中时还什么样，到现在也依然没变化。那么固执而强势，连时光都怕了她。

而我却是个变化极快的人，没有原则，投机取巧，今天纽约黑白派明天日系甜美风，我的五官也极轻极淡，像是浮在脸上，随时一揩就掉，可以重新画一副似的。化妆不化妆，腮红是刷锐角还是染圆，都会让看官觉得判若两人。

我们从小在音乐学院后院长大，父母是老相识。她的父亲下海做生意赚了钱搬到古北去住，成了中国先富起来的第一代中产代表，而我的父母因为上一代是资产阶级金枝玉叶，“文革”中家财散尽，但摩登精神与生俱来，比年轻一代的伪小资们更精通小资的精髓，他们对自己的高知身份满意非常。

家庭背景的不同后来在我和周南南身上表现越来越明显，小时候两家一同出游的日子不再。因为她喜欢打麻将珠光宝气地出场，二年级的年龄却处处中年妇女风范，旅行只去东京和纽约之类和上海一样归整靠谱的地方。而我和我的摩登父母在口味上有很多遗传因素，对边角旮旯的地方才有特殊情结，非洲是我一直的梦想，拉丁美洲和战乱频繁的地方更让我心动。

周南南除了掌管桃江路上的《良景》传媒，还有一间广告公司，当然这广告公司基本是为我而开的，靠她在媒体和时尚界的人脉接品牌策划的活儿。胡编乱造是我的专长，周南南从在女校第一眼看到我就知道我这辈子得靠这点小天分混饭吃。时尚界向来捧死胆大的气死胆小的，有想象力敢作怪总能混出一席之地。

这一阵手头的活是给一个二线化妆品牌编一套品牌故事，有故事的东西都能多卖点儿钱。客户的目标是煽情煽到从此让该品牌可以跻身一流品牌之列，而一流品牌都有传奇故事。

推广化妆品我自有独家手法，先看要推广的化妆品的主要成分，然后找出这种成分提取自什么植物，再看这种植物的地理位置和属性，然后在出产这种植物的地理范围之内，找到土著部落或者奇谈怪说，让化妆品的创始人和这种土著部落的药师发生点故事——我的任务就完成了。

从圣西女中开始，周南南知道这类胡编乱造的活非我莫属，因为她早早看过我的手相,健康线和命运线在手掌之内没有交集,属于亡命之徒,没有责任心也没有负罪感,所以把一个平淡无奇的实验室化学品吹成有典故有神奇成分的奢侈品,我才不怕下地狱呢。

周南南本来也是自恋到对身边人根本视若不见,随便多牛 X 的八卦她都左耳进右耳出,不想我遇见雅库比之后,她对我的状况提起了十二分的注意。

这埃及男人毛那么多,能靠谱吗?

我第一次从埃及旅行回来,给她看我和你在金字塔前搂抱亲昵的照片,她半点祝福都没有,只说这么句扫兴的话。

毛多和靠谱有什么关系?我不服。

别的没什么,作为老同学,我知道你这亡命之徒天不怕地不怕,就怕那种别人看不出来有什么好的登徒子漫不经心地赏你一记笑,你就疯了就栽了,万劫不复,周围的人跟着你倒霉。

你还记得高三那会儿么,那么关键的时候,你都有能耐和隔壁职校里的小混混头子搞上,被人刀架在脖子上堵在校门口火拼。上着课都能忽然歇斯底里和老师捣乱,摔了门去操场上发疯,不怕自己名落孙山,还搅和得我成天没法复习,最后咱俩都没进第一志愿。你也就活该算了,可我又没浪漫着,不是太冤了吗?

现在可是在社会上混,你要是疯起来,耽误了正事儿,以后谁还敢找咱们干活。

拜托找个十拿十稳的温良好男人嫁了,给姐妹们留条活路,别碰这个多毛的小子。

你其实是爱干净标准的优等生的，你只是被你的摩登父母给弄糊涂了。说实话，你以为他们酷，觉得他们对，而在我看来，他们不过是不想多花心思在你身上。就比如那个你当宝贝的黑色魔法盒，这么多年带在身边，我就觉得是他们想出去玩，随便扔个玩具来糊弄你。你却总是什么都当真。

她如此表态，我和拉提夫的纠结故事只能独自消化，不管受多大委屈都时时装出幸福样，不能让她看出半点端倪。

而且我不得不买了 open 机票，在没有任何借口不见她的时刻，飞回上海去。

对了，前天我还在 Bonna3 里撞见你老妈，和两个日本女人喝咖啡，你妈穿着印花长衫，皮肤保养得又光又亮，派头足够上任何时尚杂志拍大片。改天应该找她上良景的节目，肯定比小女生有料。

我敷衍地嗯了一声，下线。

我知道再说下去，她就要约我周末和仙姑教打小牌了，那我就算现在确认机位都来不及。

59.

瞒着好姐妹来这么远找你，多少让我心中愧疚，所以我私底下早早为他日被戳穿时想好对策——奉上世界上最有收藏价值的避孕套。

周南南的收藏品味独特，在她的古北家中有从全世界各地搜集来的各式避孕套，但我很肯定至今她没用过任何一个。

她说，要么不做，要是做起来，肯定一转眼就用光光咯。

不打无准备之仗，这就是总是站在安全出口标识周围的周南南。

只是她准备打这个需要避孕套的仗，从圣西女校就开始了，而到底什么时候才真正开战却不可捉摸。

无论如何，我该为周南南把世界上最珍贵的避孕套搞到手，我知道那玩意儿现在在哪里。

是埃及人发明了世界上第一个避孕套。

你不知道金字塔到底在埃及境内有多少座，也记错尼罗河全长多少，这种东西你倒研究得挺透彻。

它现在在埃及国家博物馆二楼左面大厅的某个橱窗里，上面没有任何标注。那玩意儿在当时完全是一只标准袜子的形状，质地和现在的橡胶手套相同，尺寸——

XXXXXXXXL！

这个讲解词是你独家的，而且只说给我听过。

我和你在那个流火六月，从卢克索沿尼罗河来到开罗，曾一同注视着那个形状和尺寸都很奇怪的玩意儿，然后哧哧傻笑。

你把我拖到一间角落里的木乃伊展厅，躲在落满灰尘貌似没人感兴趣的女尸后面，我摸摸你，你摸摸我，我们那样惊讶于彼此血统迥异的容颜，你的骨骼大幅波动，我的脸平滑如丝，我们那么不同，边色边戒。

那个博物馆午后的角落,尸骨嶙峋的冷僻展厅里,我们还看到过绿色的蛇皮,晒干的蜥蜴,以及不管多相爱的男人与女人,几千年后,都不过干燥成任人摆放的木乃伊。

60.

渐渐你除了告诉我一些独家歪解埃及导游词,还告诉我其实你没有八分之一的意大利血统,只是天生长得像混血儿。这点我到埃及住久后也已经发现,很多埃及人和意大利人西班牙人的轮廓像得不行。

你也不再背书一样说祖父是大法官,父亲是开玩具公司的。

你开始告诉我,当上接 VIP 团的国际导游之前,你只能做跑腿接机送酒店的活儿,为了省从酒店回家的出租车钱,你会在清真寺里过夜,第二天直接去机场接下一班客人。

你喝路边给司机加水用的水,嚼五分钱的大饼,几天不能洗澡。

也没有钱给乌咪打电话。

乌咪是埃及土语里对母亲的称呼,每个埃及男人都最爱乌咪,对乌咪言听计从,和乌咪说话时几乎分不清是在调情还是在撒娇。

乌咪们走起路来仿佛企鹅,左摇右晃,大嗓门大屁股大乳房,笑起来偶尔和蔼可亲,但大多时候粗暴又不耐烦。也有不得不和蔼可亲但其实很不耐烦的时候,这个时候的表情被哒哒总结为埃及人经典的塑料花表情。

乌咪可以是你的母亲，也可以是埃及的任何一位母亲，如果我真的和你一起在红海边上慢慢变老，最后是否我也会进化或退化成这样一位？

乌咪做埃及香米饭一直非常讲究，四小碗清水，一钵香米，两勺向日葵油，葡萄叶洗得碧绿发亮放在一边，最后一步就是放香料，香料对于乌咪来说，绝不是可有可无的调味品，这个重要性她的漂亮小男孩最知道。不管你是否长大成人，结婚生子，她永远为你洗内裤，亲吻你的嘴唇和鼻尖，在大庭广众之下叫你"我的漂亮小男孩"，不管你外表看上去多么英武，向母亲撒娇是不变的习惯，依赖母亲的饭菜口味，依赖母亲眼中为自己骄傲的神色，喜欢母亲的手抚摩自己的身体。如果埃及这个冷漠的地方能让人有温情脉脉的错觉，那就在儿子与母亲之间微妙的牵系之中。

你一度是沉默寡言的孩子，喜欢躲在裂缝里。石头的缝隙，老树的缝隙，床与地面的缝隙。

去花店学徒，给富太太们包扎礼物，赚小费贴补家用，在那里你学会了打世界上最漂亮的蝴蝶结。

蝴蝶结总是给你梦想的力量，仿佛可以飞到一个美丽的地方。

我不知道你是怎样变成首席中文导游的，当你开始带 VIP 团，你忽然有了另一个世界。

五星级酒店，五星级游轮，丰厚的小费和购物回扣，稀缺的中文导游的优厚出团费，你终于可以像任何一个埃及小开一样油头粉面戴着墨镜开着小车在你看中的美丽女子身边停下，问是否可以载她一程。

甚至你也开始想象，娶个中国老婆，娶个黎巴嫩老婆，再娶一个法国老婆，一个美国老婆。名额娶满为止，这样全世界都是你的了。

衔接小开生活和之前在清真寺睡觉的日子的，究竟是什么呢？

你的过往，东一块，西一块，我不知道该怎样衔接，但又禁不住去想，搞到自己情绪低落，无缘无故落泪，哭笑不定，符合轻微抑郁症的症状。

61.

H 公司出了两起交通事故，康晨强烈反对我在埃及开车，还扣留了我的驾照，他觉得像我这样的机械脑残女最好在开罗坐出租，对付埃及的魔鬼交通，还是埃及人自己比较适合，万一再出车祸，命还要吗？

于是我开始 Taxi 生涯。

黄色的 Taxi 很正规很国际化，司机的英文都非常流利标准，计价器也和国内的差不多，但因为价格很贵，马路上看不到，每次需要打电话预定，预定后至少要等一小时才能到。

黑色 Taxi 是没有空调的老爷车，进一次加油站就熄火，要想继续上路，你就得下车和司机一起推车。司机半句英文都不懂，你一定要自己阿拉伯语够强才能交流，但一旦发现你这个外国小妞能说阿拉伯语，司机肯定要喋喋不休和你劈情操,甚至可能向你求婚,如果你没答应嫁给他,那么你得付足车钱。因为没有计价器,钱你要看着给,也就是说路线和里程你得心里有数,然后少不了在付账的时候因为你心中的计价器和司机的计价器走得不一样而发生冲突,冲突中要吵架也得用阿拉伯语吵,胜算有多大你就自己看着办吧。

还好,还有一种白色 Taxi,康晨竭力推荐,说起步价只有 2.5 埃镑,总价基本上与黑色 Taxi 不相上下,司机的英文一知半解,但关键词都没问题,因为有计价器,不用为价钱多啰嗦。

经过我的实践,对于开罗 Taxi 我还有一点要补充:如果要打车顺利,请你一定要打扮得漂亮点再出门,不然司机会对你熟视无睹。而一旦打扮得 OK,司机再不同方向,在马路对面要绕很远才能来到你面前,他也会来接你。

美女好办事,这在开罗是绝对的硬道理。这个道理还可以用在咖啡店、学校教务处、花店等地方,虽然美女谁都爱,但好像埃及男人爱得更赤裸裸一点。

花店会因为你是美女而多送你一盆花。

教务处的工作人员会因为你是美女,而让你在超过旷课次数之后依然去考试。

咖啡店的 boy 没有权力径直送你一块蛋糕,但他会送你一张熟客卡,本来喝一杯咖啡只能敲一个章,他却一口气敲上五六个,下次你去只要还够美女标准,那他就凭这张卡送你花式咖啡了。

可正当你以为自己有了美女令牌,优哉游哉的时候,某天小小懒惰一下,没化妆就出门,穿得也随意,去到同一个 boy 面前。就算你还是你,就算你愿意出示 ID,就算你愿意跳一段肚皮舞,你都休想享受之前的美女待遇。

因为埃及男人只认胭脂口红和尺码小一号的紧身衣,其他一概免谈。

62.

玛阿帝俱乐部的周末,总是 H 公司和 Z 公司的男生占据了篮球场和足球场。

而埃及黄金时代的老派人物们却在中国年轻男生们隔壁的撞球场上逍遥地叼着烟斗,身上是背带西短配打着精致领结的淡色衬衫,头顶的鸭舌帽和中统格子袜相映生辉。他们球场上的老派经典女子都指尖缠烟,留着赫本式的短发,只戴一两件祖母款式的高档首饰,她们偏好有色宝石,要么是很有设计感的金饰,时光永远因为这群老派人物而停留在 19 世纪 70 年代。

有时我和哒哒会去打网球,结束时去和康晨打个招呼,他的同事们除了起哄,还漏出他在球场上的口碑是个小小罗一样骗点球的人物。但我不管那么多,和他清淡打个招呼,是对我少年时代从未和同龄在校男生谈过恋爱的补偿。

一度，我只喜欢老绅士，或者至少比我大 15 岁以上的男人，喜欢他们复杂浑浊的气息，想吸附着他们迅速长大与苍老，那时觉得苍老了才能美得有质地，就像张曼玉。

而康晨，让我第一次觉得有点儿后悔没珍惜过要和我一起上自修在校园里同进同出的清新男生们。如果和任何西方男人像和康晨这样交往，恐怕早就已经 kiss 了一百次以上，所有体位都试过了。

而康晨却每每不解风情。

明明玩得很开心，送我到公寓楼下，月光正好，是最该巩固约会成果的时候，我悄悄酝酿要亲他。他却啪嗒把车里的灯开得大亮，故意把脸板得比朝鲜问题六方会谈还要严肃。好吧，如果你是联合国大使，我就是朝鲜主席金正日。那么今晚我们就以政治家的姿态握手道别吧。

我和他之间，也许就是朝鲜问题一样拉锯的状况，和他约会十次，十次以板着脸说再见结束。秋天到了，连手都没拉过。

过开罗的疯狂马路，车流涌动，好害怕被撞到，往他身边靠了又靠，靠着他那边的手腾出来，从不拎东西，觉得他该趁机来拉我的手。

他倒好，看到车流稍微空一点，自己灵巧一窜过了马路，把我留在原地，进退维谷。

不知这个上海男孩怎么像外星人一样，我 26 年积累下来的和男人约会圣经在他身上都没半句派上用场。

63.

在 H 公司没搬迁到 Smart Village 办公之前，玛阿帝有着玩杀人游戏的鼎盛时光。

周四晚上，康晨的车准时在 15 街口等我，我打扮停当出门。

他的脸上看不出任何线索，礼貌而温和，没有欣喜，也没有冷漠，就是很得体地问候，微笑，开车，有一搭无一搭地聊两句。

我对他的不动声色，虽然有时心有芥蒂，但也习以为常。

因为是公司统一租来的车，所以放的歌也只有埃及土产肚皮舞流行曲，一句一个我爱你，三句一个我想你，至于哈比比这个词儿，就更是不断响起。

我沿着老铁路，开过 Degla 广场，广场边开着红色的花朵，但我对它的花粉过敏，每次经过这个广场都会打上一打喷嚏。

来到 Maadi 边缘的 199 街。

紫绿丝绒珠宝橱窗前的女鬼总是看着我和康晨经过，朝我眨眨眼。

而康晨似乎从没看见过女鬼。

199 街和 Maadi 大多数地方不同，这条街上都是新建的小高层，我钟爱斑驳的墙面和有传说的老房子胜过一切。

到了 199 街的一幢楼，他说他们公司的大多数公寓都租在这条街上，我们走进去，他却径直走到楼梯入口，看都不看电梯。我大惑不解。

他说反正不能坐电梯，曾经差点因为电梯事故死掉，埃及经常停电，万一电梯卡住怎么办?

我哈哈大笑，只好陪他徒步爬七层楼。楼梯上没有灯，我们在黑暗中一前一后走着，我当然趁机打量他的背影，高而瘦，以前我并不觉得高而瘦的男人吸引人，遇见康晨却有不一样的感觉。

门一开，一屋子他的同事欢呼起来，都是他那般大小，有的开玩笑要他介绍我，他说:你们说呢?还用介绍吗?叫她奇奇就行了。

小子们嘻哈一阵，我倒被这样的来回弄得有点不好意思。

大约来了二十多个人，男生们来自北方的偏多，看过去都朴素平实，仅有的三个女孩都不是有风情的那种，因为皮肤和头发都粗糙，也不见着力打扮的痕迹。她们看我的目光并不友好，可能我的妖娆多少给她们一种要抢男生资源的架势。

我和康晨到来后，游戏升级到五警五匪，外加炸弹和医生。

第一轮我就抽到杀手，而我在天黑杀人时，环顾所有人，一看到康晨就直觉他是警察。我只是随着素不相识的同伙们随便杀了一个，没有杀康晨，因为在这个游戏里，用一个确定的身份，找出相关的人物关系，才是最后取胜的关键。

天亮睁眼，我和康晨的目光一交错，对方手中的牌全都了然于心。

这个游戏对于我和康晨来说，并无多大意义，只成了每周末例行公事一样的节目。

一般周四他都会在下午发来消息说,晚上杀人吗?

我回他,你吃完饭来接我吧。

他们H公司下班吃好晚饭九点多钟,轮换在各个公寓之间,每次都有人回国,有人到其他非洲国家去出差,有人的家属来了,也有不断加入的新面孔。听他们聊聊这些,和身边的康晨聊上几句,无聊的周四晚上轻易就过去了。

一般会玩到凌晨三四点,他送我回家。

其实每次见面总是开心的,但不知为什么,以为在快下车的时候该说点特别的,但他却刻意板着脸,目光冷淡。我只好也板着脸说晚安,以为自己惹着他了。

但到下个星期,又会收到他的短消息,约我一起看球,出去喝咖啡,或者去尼罗河边T. G. I friday吃冰淇淋。

周而复始,我猜不透这个比我小三岁的上海男生到底怎么想,觉得互动很好的时候,他也没有额外的靠近,觉得自己言语有闪失和偏颇的时候,也不见他有疏远和躲避。

圣西女校时光的负面影响终于在这个时候加倍地显露出来。

我所有交往的经验,都来自比我大15岁以上的西方男人,他们因为年纪和阅历,会用直接的方式对待女人,不会刻意掩饰,或者故弄玄虚。男女之间的那点事,可以忽略表象,只看本质。没有太多的迂回闪躲,爱就爱了,不爱也不会顾忌礼貌而应付。

而面对康晨,我真的不知怎样才算他在打我主意,要怎样我才有勇气给他一个拥抱一个吻?

就像我住的15街与他住的206街之间,总隔着一条形式主义的铁路。

64.

有一天的凌晨两点,那条废弃的铁路上忽然响起了诡异的火车汽笛声。

我在浴室的浴缸里睡着了,水已冰凉,泡泡在我的脖子上凝成一层奶色泡沫。我赤裸惊醒,跟着一缸冷水感觉到车轮与铁轨之间金属质的碰撞。共振,力的作用与传播。如同一场倾城地震,玛阿帝在这场突如其来的轰隆声中,仿佛随时会瘫痪一样。

我披上浴巾,冲到露台上,这夜星群格外闪亮,缺磷的植物在露台上依然黄绿不齐。

我拧开水龙头,没有一滴水。

我打电话给康晨,他那边的水龙头水流如注。

大概以铁路为界,南面停水,北面照常。

康晨住206街,我住15街,别以为我和他之间有191条街的距离,这里是不可理喻的开罗,符合逻辑的事情并不多,事实上,我和康晨的公寓之间,只隔着一条废弃老铁路。从他的卧室可以看到我的阳台,我们之间一开始就是这样触手可及,但存在着一条形式主义的铁路。

深更半夜,我只得提着所有的洗发水沐浴露和我的内衣去康晨公寓里洗澡。

门房的女儿看我拎着瓶瓶罐罐这么晚和康晨出去,何况等我回来的时候又洗了澡换了衣服,自然不会往单纯里想。

康晨老远就捂着鼻子:哟,哪里这么臭气熏天咧?梁薇奇呀梁薇奇,你知道哪里这么臭吗?

我上去赏他脑门一记毛栗子。

他闷笑两声,接过我手中的洗澡篮子,我们沿着铁路往他公寓走。

商阳回国开会了,公寓里只剩我和康晨,深夜孤男寡女之间的气氛有点诡异。

康晨于是在 DVD 里放《老友记》,喜剧让一切轻松。

是瑞秋和乔伊在餐厅里探讨男女约会心经的一段,问一个男人童年的时光,可以迅速切入他的内心,而要一个男人低头亲吻自己,只需往他的怀里再挪一小步,闭上眼睛,轻轻吸一口气。

我和他一起看着,不知有没有各怀鬼胎。他拿一盒樱桃酸奶给我,然后去卫生间里整理,说是要看看商阳有没有把不雅的东西忘在里面,家里一直没女人来。

我斜倚在门边看他,穿着 CK 白 T 恤的上海男孩,永远干干净净的。他用滴露消毒液擦着浴缸,说他自己很干净的,至于别人怎么样就不好说,还是消毒一下再用。

擦好浴缸,又去拿拖鞋给我,然后想起来什么,说,你公寓里的热水器烧煤气不安全,改天我帮你和房东说下,该换咯。

他的细心,每每让我印象深刻,更让我印象深刻的是,这么细心又会照顾人的男孩,却用瓷砖清洁剂洗杯子给我喝水。

我大叫,小子你想杀人直说就是。

他大惑不解,手里还在搅动着乳白色的清洁剂:哇,我辛辛苦苦给你洗杯子,又怎么惹着你了?

我一把举起他的大瓶瓷砖清洁剂,指着包装上的字,拼读上面阿拉伯语的单词 hamama,这是厕所或者浴室的意思吧!? 你这上外的高才生,难道没学过这两个最基本的单词?

他拿过去,仔细看了看,不好意思地笑起来,自言自语说:这个放在超市一堆水果味道的洗涤剂旁边,我以为只是味道不同呢,阿拉伯字母的包装谁有耐心仔细看,以为是牛奶味道的,没用过就拿了瓶试试。反正都用了大半瓶我也好好的,别担心。

他解释了一大通,我只当耳边风 bla bla bla 吹过。

不管多么合理的解释,难得看到康晨出洋相,他永远不紧不慢也没有什么情绪起伏,几乎找不到任何破绽,有了这样千载难逢的机会,我当然大大地笑话了他一通才罢休,你个老谋深算的家伙也有今天啊! 气氛骤然轻松不少,我乐滋滋宽衣解带进了 浴室。

之后就算我裹着浴巾湿漉漉地出来,坐在他的床上吹头发,他看看我,我看看他,只是两小无猜罢了。

65.

后来,越来越多的人开始跟我说,H 公司的大部分人马要搬到 Smart Village 去了,康晨的部门首当其冲。但康晨却依然住在玛阿帝,每天路上耗费至少两个小时。但他对我只字未提,全是偶尔商阳发牢骚时窜进我耳朵。

康晨的不动声色忽然没有承接地有了转变,是在商阳忽然回国开会的一个周五晚上。

约好去北京饭店吃饭。他把车停在马路对面,过马路时,终于没自己窜到对面去,而是朝我伸出手,掌心摊开,我觉得这样的举动没头没尾,只装作没看见。

吃过饭,他把我带回公寓,引我进了他的卧室,让我坐在他的床上,给我看他陪客户去香港几天里的血拼成果。甚至夸张地把几叠百元埃镑现钞在我面前点起来。

他想干什么? 我在他一连串的反常举动里目瞪口呆。

幸亏他同事打电话来,而他接起来直接把手机交给我,让我听,那边听到我的声音,当然觉得微妙。

他们要 10 分钟后来康晨这里玩杀人。

谁知他却在一边对我说,要他们过半小时再来,不能现在过来。

那边诡笑不止。

半小时后,H 公司的孩子们陆续到来,看到我从他房间里出来,都好奇地打量我们。

在玩杀人的时候,依然有新加入的男生不知我和康晨之间的诡异,拿我调笑。以往康晨默不作声,这天却反感地当场制止,情形仿佛把我当他自己的女人。

因为他的转变太突兀,我没有反应的时间,只能整晚呆呆地坐在他身边。

结束之后,走在 206 街上,我禁不住抬头看月亮,真怕出现的是传说中的蓝月亮。

他一路把我送到公寓楼下,没有像以往那样板着脸生硬地说再见,却要送我上楼。

上了楼,站在门口,我微笑着和他告别,钥匙在手心里团了又团。

他的目光卓然明亮,他说,想送我进房间。

我有点儿脑震荡,慌张地说今天家里很乱。

终于在公寓门口和他告了别。

门在身后悄然闭合,我拧开一瓶 Vodaka Mix 喝了几口,平复了一下讶异的心情。

把这个晚上的一幕一幕温习了一遍,忽然觉得他是想要和我告白什么。

心中的温热腾然而起。我冲到阳台上急切张望。

外面的浓黑夜色大铺大染,康晨没有走,穿白色运动夹克的消瘦身影站在那棵老桑椹树下，夏夜的风吹过，他的清新韩剧脸在手机屏幕的蓝光里熠熠发光。

几秒钟后，我收到他的短消息：但愿你今晚和我在一起是开心的。好好休息。晚安。

我望着他在树下的身影出了神。

他冠冕堂皇的时候，我一度希望他能有那么一丁点儿血肉与真诚。

而他忽然破壳而出的此刻，我却像被掏空的木乃伊一样。

66.

北京奥运会在即，康晨被H公司选中参加大使馆的为奥运助威晚会，和其他几个同事一起唱《北京欢迎你》，所以连着两个星期没见到他。

就在他忙着排练的这两个周末，我独自去199街玩杀人，结束时由他的其他同事送我回家。

然后收到他们发来约我出去的短消息，和康晨当初约我时一样，谨慎，探测，好学生们一贯的精明。

只是他们稍欠底气，只要一次我不理，就从此没了信心，和康晨当初约我的再一再二再三，不可同日而语。

我们大学里一年一度的运动会也应景地要在一个星期后举行。

科索沃小辫儿在教室里晃着九头身长脖子,挑衅地问我:哒哒,奇奇,你们敢和我们比一百米吗?还是两百米?随挑随选。

我反问她们:那你们有谁想和我比乒乓球和羽毛球吗?

哒哒根本没半句废话,拿过报名表就在一百米和两百米上写下了自己的名字,顺便把长跑也包下。

我拿过报名表格,当仁不让地包下乒乓球、羽毛球。中国队在小球上向来天不怕地不怕。

终年涂防晒霜又戴帽子的白净韩国女生很搞怪地问:嘿,怎么没有卡拉OK?我们韩国人肯定得第一。

其实应该给埃及男人专设一个项目:看谁最快到新搬来的外国女邻居门前放礼物。韩国姐妹出人意料地提出了这个想法。

我神经倏忽一震:什么?

我们刚搬到新的公寓,今天早上就在门前发现了礼物,还留了很肉麻的纸条,什么你们真漂亮,我想死你了,我有很多话想跟你说。她们一边说,一边做了个吞毛毛虫的样子,哈哈大笑。

埃及人嘛,英文都只会那么几句话,我爱你,我想你,请你等我,我有话对你说。她们两个掰着手指历数埃及人点播率最高的几句话。

我把运动会报名表放一边,独自走出教室。

想起那个有完美蝴蝶结的绿盒子和那张纸条,似乎还有N种解释的可能性。

狠狠掐着烟屁股吸一口,吐出一团雾,濛濛的,天空,城市,人们的脸,全都濛濛的。

67.

重新回到教室时，我们被告知要以班级为单位，每个项目名额有限，要一致对外，和全开罗大学的同学们比试。

于是穆斯林女生和我们不包头巾的一群重新坐下来，每一个项目公平地找出实力最强的报名。

我们班级的女生都很争强好胜，在输赢面前，史无前例地团结起来。

运动会那天，开罗的美国和法国留学生也应邀前来，穿紧身运动服和穿传统长袍黑纱的学生同时聚集，场面还真有点像全世界参加的奥运会。

康晨下班后直接来体育场看我——那个疑似有蓝月亮出现的夜晚被他再见面时的若无其事淹没，倒让我开始怀疑是自己的幻觉。

他开着玩笑和我抬杠，看上去是轻松的。自从他赢了我桌球和保龄球后，不相信我的乒乓球和羽毛球有我吹得那么好。

运动会这天他西装笔挺地出现，递给我一罐运动饮料，我却是不折不扣的清纯女生打扮。

韩国姐妹看到康晨也大呼疑似金贤重，她们开我玩笑，说怪不得不见我和学校里的小男生来电，原来有成熟稳重的 office 制服系男友。

我嘟起嘴,笑得更像少女漫画女主角,只要有康晨,我就嫩得不得了。

68.

又一个周末,换了一个新地点玩杀人,是幢只有电梯没有楼梯的公寓楼。

站在一楼大厅,康晨迟疑良久,我怂恿他:没问题的,就这一次。

他又瞄了一眼电梯的门,定了定神,貌似大义凛然地和我走进了电梯。

电梯门紧紧闭合,向上运行,数字不断跳动。

埃及的电梯不是完全封闭的,对着门的一面完全敞开,露出斑驳的建筑内壁。就算是对电梯没什么阴影的人,站在里面也总是觉得很不舒服。

忽然,真像是被谁恶作剧一样,怎么就那么巧,咯噔一下,灯光熄灭,电梯戛然停下。

几乎是同时,一贯不动声色又难以捉摸的康晨一把紧紧拉住我的手,他的恐惧无声无息,暗涌在狭小空间里。

我略一迟疑,在黑暗中把他揽进怀里。把下巴磕在他的头顶,那个不时发出冠冕堂皇指令的大脑此刻在想什么?

觉得应该亲吻他,用16岁时的心情,清澈得没有情欲,手指抚摸他的头发,除此之外不知还能做什么。

电梯再次启动之前,我们一点一滴,落满彼此。

只有这一刻,在无尽的黑暗中,我才能感觉到他是真实的,会脆弱,会害怕,有血有肉。

而灯亮之后,电梯重新启动,我们冠冕堂皇,孤魂野鬼一样,不知该何去何从。

69.

我开始悄悄做功课——练歌。也许为了康晨,也许不。

唱K是H公司除了杀人之外最常见的娱乐项目。

问专门跑音乐条线的死党阿Ken,他鉴定我的嗓音是次高音,为我开出一张歌单,让我去练。这个歌单可以让我既不那么口水也没那么小众,气氛活跃。

开场:《日不落》(没有技巧,暖场又暖嗓)。

舞曲风:《速配速度》、《代言人》。

主打歌,小资风:《写一首歌》、《旅行的意义》、《马德里不思议》。

玩深沉:《女爵》。

慢板抒情:《我的男朋友》。

对唱要唱《屋顶》。可以偶尔唱首陈绮贞,我的声音唱《华丽的冒险》比较适合。

如果有老一辈的在场,顺子的《写一首歌》或者《我的朋友 Betty Su》,是对各个年龄和阶层都比较讨巧的。

在开罗 Maadi 要唱 K,要么韩吧,要么金库,都是按小时计费。韩吧的设备全是韩语,歌单也是印刷在本子上的,要费心费神一页页翻才能找到自己想唱的歌,猜各个韩语按钮是什么意思又要占去一半的时间。虽然付个大账单,真正唱歌的时间没多少,都用在选歌上面了。

金库是在湘菜馆楼上,中文电脑系统,歌也比较全,但隔音不好,又很容易被康晨公司的人撞见。

衡量再三,我挑了个上班族最忙的周日大清早,金库小老板刚刚开门的时候闪进去,开了个包厢。

把萧亚轩和蔡依林 MV 里配合高潮段落的经典舞蹈动作也顺便练下来,一个人在包厢里折腾了四个小时,high 到汗流浃背。

美滋滋走下楼去结账时,已是午饭时间,没想到……康晨这天没待在办公室,而是带客户到这里来吃饭,开罗能去的地方就这么几个。看他桌子上的冷菜都吃得差不多了,想必都坐了不止一小会儿了,而金库的隔音向来不大好……

我额头的汗珠好大颗。

轮到他叫我去唱 K,我练过的歌都不能唱,再一次沦为壁花一大朵——唱被他听到我偷偷练习的任何一首就等于让他知道我偷偷练歌是和他有关,阿 Ken 阿 Ken,还有没有备用歌单?

阿 Ken 夜半在线和我商量新对策,末了开条件,本花样美男最近皮肤状况欠佳,听说埃及有种神奇橄榄油手工香皂有神奇的美容功效,请带上 20 块回来见我。

70.

长得和本·拉登很像的斐萨依旧在沙特处理家族生意,哒哒和我越来越相依为命,而韩国姐妹也跟着家人搬进玛阿帝来住。

这下去见康晨终于不用怕他人多势众,以往每次我都单刀应对他的一帮兄弟们,到处都是他的耳目。

于是我带哒哒和韩国姐妹去见康晨和商阳,事先跟她们交代一些背景资料,告诉她们我和这个叫康晨的男生有那么点小状况。韩国姐妹完全领会,但哒哒却脱口而出:你们上床了? 什么时候的事也不交代一下?

我被她问得脸红心跳。其实对于轻熟女来说上床的话题不至于让我大惊小怪,而一旦这个话题的主语是我和康晨,就忽然不自在起来,觉得很不好意思。

她又降了个级别,问道:那总亲过吧? 法式的 ?

我一把捂住她的嘴,不能再让她这么胡说下去,郑重声明:绝对没有,想都没想过,我们到现在连手都没拉过,你别想得那么下流!

她的绿眼睛迷茫起来:没上过床,又没亲过,算得上什么情况?

算了,一个喝绿茶吃白米饭长大的中国人在这个问题上是没法和吃香肠喝啤酒长大的德国人沟通的。

我放弃跟她解释中国式的两个人之间“有点情况”是什么意思,只关照她在康晨面前说话不能太放肆,敏感话题先用德文和我说,口头禅里经常用到的 sluty 一定要戒。

之后挑了件日系学生裙,打上斜纹小领带,去见康晨造型一定要够清纯。

不过哒哒那几句说得我脸红心跳的话,自此抹也抹不去,想到康晨的时候,不再只是单纯地猜他的心而已。不禁真的对他不穿衣服的样子浮想联翩,真看到他都不好意思起来,死哒哒害人不浅。

约在韩国料理店 Gaya,康晨总是道高一尺,魔高一丈。以前我单刀赴会,他那边总有哥们同事。他的阵营里这次多一对小夫妻。

不知是从什么时候开始,我们见面都要带上人马,排开阵势,仿佛开战一样。而排兵布阵,康晨总是比我老谋深算得多。

商阳抢坐在哒哒旁边,小夫妻把韩国小姐妹从我身边隔开,我很自然坐在康晨边上。但这样我和哒哒说悄悄话就有了难度,因为德文和英文语系相同,词语也相近,语言天分好的人比如上外高才生康晨肯定能猜出大意。

于是,商阳对哒哒发动游击战,竟然问了很多关于我的问题。

比如奇奇经常和哪些男人见面,会不会做饭;奇奇平时在学校里怎样,有没有男生传纸条;Vichy 什么时候过生日,喜欢什么样的男生。

哒哒朝我看了一眼又一眼。

六人晚餐之后，哒哒的总结是：商阳看上我了，正打我主意呢，因为他整顿饭都在问有关我的问题。

又一次，我在德国式的香肠啤酒思维方式下无言以对。

她是永不可能知道中国式的心照不宣拐弯抹角和迂回前进的。就像欧洲女孩要性感会真空穿半透明低胸吊带，而中国女孩只需要旗袍开衩处的若隐若现来让人浮想联翩。

很多事，一旦放在不同的文化背景里，永远是鸡同鸭讲，南辕北辙。

71.

学校里的课程一天天变难，我一看自己鼻涕虫样的笔记就恶心。

同班穆斯林女孩们的笔记却写得工整好看，我和哒哒慢慢去买fayrouz 汽水请她们喝，顺便拿她们的笔记去复印。

一来二去，她们课间做完祷告，也会把钱包里老公孩子的照片晒给我们看。

我们的夫斯哈水平已经可以讲讲小故事。

好奇地问她们和老公的爱情故事。

她们的回答，竟然偷了陈可辛的电影台词：爱？没有过。

基本上，都是父母安排的，门当户对。但结了婚，日子虽然平淡，却温馨满足。

有个塔吉克斯坦的女同学,很自豪地告诉我们,她是她的丈夫从一百多张女孩的照片中选中的,选中了就结婚了。

一切就这么简单。

爱?不重要的。这是另外一句她们很真心说出的话,我没有在她们的眼中看到任何故作姿态装酷的成分。我爱你这句话,她们觉得大多数情况下是男人调戏女人时用的。

和同班的面纱女生们聊聊这些真好,我对你对我说过的甜言蜜语,总算有了新的思路。

康晨最近工作忙,没法周末抽时间给我补课,但把在叙利亚留学时陪伴他的一本阿拉伯语字典送给我。

字典是深红色的,可以阿拉伯语和英文互译,又厚又重,书脊的边角有点翻得破了,我很喜欢这种沾满时光印记的东西。我不喜欢干净的规整的东西。

复习功课的时候就趴在这本字典上,遇到生词,移开下巴,翻开检索目录,有时上面有些划痕和折印,会让我对康晨曾经的大学时光联想不止。

这本字典占据了我客厅里显眼的位置,我坚持不在这本字典面前赤裸身体或者做不雅之事,比如挖金矿之类。它让我有种羞涩感。

经常黑板上的虫子字母看得眼花缭乱,上一行抄到一半接到下面一行去,自己浑然不知。这种时候,我和哒哒总是抓紧课间休息,坐在石阶上抽烟喝可乐。

青蛙眼老太宣布要期中考试了。韩国女生摆了个拉拉队的 pose，朝我们说要加油，要是垫底肯定要被穆斯林女孩笑话。

那边几个科索沃的小辫儿女孩已经摆出了必胜的姿态。其他阿拉伯美女矜持低调，一般闷头学习，不管其他事。

我暗暗下决心，一定要把我在国内上大学时临时抱佛脚的天分拿出来。

学校很善解人意，每次临近考试，会有三天假期给学生们复习功课，和周末连在一起，就是一个小长假。

不想去任何有我和你记忆的地方，卢克索是用来遇见你的，沙姆沙伊赫是用来和你缠绵的，亚历山大则是告别约期。

我和哒哒最后决定去西奈半岛上的 Dahab。她的男友斐萨现在正在沙特料理家族生意，她说正好去 Dahab，坐在酒店的屋顶上，望着对面沙特的灯光，看看那边啥状况，说不定还能隔海飞个吻给他。

开车上高速之前，哒哒在家乐福停了一下，去买了两箱矿泉水和一件沙滩裙，数目正好够三百埃镑，然后她填了张表格，和收据一起交给雪佛兰汽车抽奖专柜。

她眉飞色舞地说，相信我，我会赢到一辆新车，把这辆该死的bettles扔掉。新车的名字我都想好了，我要叫它亨利。

到时，我就可以说，我要和亨利去度假，我要带亨利去见我老爸，像是多了一个可靠又帅气的男友一样。

真主保佑哒哒。

一路都是荒凉沙漠，过了沙姆沙伊赫后进入更为荒凉的山地，路上连经过的车都没有,偶尔有一株仙人掌都能让人眼前一亮。

我和哒哒开车的时候不禁想,万一车坏了……

正开玩笑一样地说着这个话题,车子引擎忽然发烫,我们也不知是怎么回事,在热得冒油的沙漠边停下来,前面的车盖却怎么也打不开,更别提我们两个姑娘自己把车修好了,众所周知我的物理差到白痴级别。

我们在太阳下站了十分钟,没有车经过,皮肤开始发红。不顾形象地拿衣服裹住脸,我们把车上的空调关了,然后只能从手机里找号码求救。

车行的埃及老板不知什么原因,打了 N 多遍也不接,也没有查号台之类可以查号码的地方,哒哒还在拼命试图打开前盖,我一边很紧张自己被晒干在沙漠里,一边打电话给康晨。

埃及的周日相当于国内的周一,是工作最重要的时候,像我这样的大闲人真的没有几个。

康晨正在和客户谈判,不方便讲话,叫我发消息。我也知道他在公司里混事规矩多,不好再打扰,于是又被晒了 40 分钟,我们两个姑娘都觉得自己快完蛋了,终于看到一辆货车开过。我们奋力挥手,截住货车,司机不会英文,我们的阿拉伯语对于机器方面的术语也是盲区,手脚全用上说明情况,让司机帮忙打开车盖,看看什么状况。

司机鼓捣了很久,往车头一个部分浇水,一浇就冒烟,于是他让我们再等一个小时,等车温度降一点再说,我们就又头顶烈日在沙漠里站了一个小时。

最后也没弄好,但那司机说这里离沙姆沙伊赫还算近,车子温度也下来一些，所以叫我们慢速不开空调地开回去送修。

我们两个被晒得快昏过去，皮肤很疼，勉强慢慢开回沙姆沙伊赫，技工看到车子，竟然说我们的一个轮胎上有两个钉子、四块玻璃，另一个轮胎有五块玻璃，其他问题待定，天哪，埃及的路太可怕了！

把车子送修后，我们只好到 softel 去开了房间，只能在这里待一晚再走了。

还好，softel 的东西很好吃，房间也舒服，我们抹了很多晒后修复露，冰箱里有酸奶，我们正好直接拿出来涂在身上。

休养生息，休养生息，在满眼没有半点红色的红海。

72.

沙姆沙伊赫还是老样子，熟悉的红双喜乒乓球台依然面朝大海。

你是我的手下败将，拉提夫·雅库比。这是你永世不可改变的事实，有这张球台作证。

你想当然地以为女人就该输给男人，那是你们埃及的规则，而我是来自包揽奥运会所有乒乓球金牌的中国。虽然在我的国家里，我的排名肯定在 10 亿开外，不过要赢你依然小菜一碟。

三局两胜我打你 2 比 0，五局三胜我打你 3 比 0。

那天旁边坐着来自世界各地的游客，都被我和你的比赛吸引了视线,而且像所有有中国选手参加的乒乓球比赛一样,所有人都为你加油,而你还是在众目睽睽下输得一塌糊涂。

你把拍子一扔,愤然离去,一点都输不起。

嘿,这又不是奥运会,也不是世乒赛,输了又不会受教练批评也不会被人喊下课,有什么大不了的?何况你输给强大的中国球员,谁都知道那是虽败犹荣的事。

不料对你来说,却是原则问题,这不是埃及球员输给中国球员的问题,这是男人怎么可以让女人打败的严肃问题。而对我来说,该我赢的我就赢,你若真是男人,就该有这个气度,我不可能为了让你当英雄而放水打假球,那是对不起球迷对不起党的事。

我们在沙姆沙伊赫的最后一天,竟然因为一个小白球而怄气怄到脸黑,你没和我一起吃晚饭,整个晚上都没和我说话,目光冷峻,缠绵悱恻就更不可能了。

你看看,我们的良辰呀、美景呀,都被什么鸡毛蒜皮的屁事给耽搁了。

73.

再次上路,途经 Taba,是曾经被以色列占领的埃及小镇。

想在 Taba 吃了午饭再走,顺便看看这个小镇现在的状况,但却被警察拦下，要求出示护照。抬头一看，发现已是以色列边境，忙不迭掉头离开，生怕护照上留下印记，以后阿拉伯国家都去不成了，我们还计划着要去约旦和叙利亚度假呢。

终于抵达 Dahab，我们撞进一个藻蓝色的黄昏里。

没有热门观光地的聒噪，只有海，层层叠叠。是欧洲人喜欢的潜水的好地方。

这里的游客和一般观光客不同，除了凫水和潜水，就是坐在海边看水。

酒店很干净，老板的长相很有葡萄牙海盗的野味儿，不像一般的埃及人。他给我们一份地图，用红笔标出推荐的路线。

午后的海水很安静，是 snorkeling 的最好时机，我和哒哒决定下午去一个叫 Bluewhole 的岩石。

快到的时候，我们看见成排的吉普车，我们是唯一开着普通车到达的，说明我们够牛。

我们在车上脱下外面的沙滩裙，穿着比基尼走进海里。往眼镜上吐了几口唾沫，把镜片搓几下放到海水里洗干净，戴上，我们一头扎进红海冷丝丝的水里，朝深处的“蓝色洞穴”游去。

真的喜欢看海里的热带鱼群。喜欢追在它们后面，把它们吓一跳的感觉。

看到长了两对眼睛的鱼，像个羽毛毽子一样的鱼，叫不出名字来，只是觉得他们艳丽冷漠又不可捉摸。在眼镜里看到，以为触手可及，但其实总有一个诡异的距离。

像是这个诡异的国家给我的感觉,以为触手可及的,总是在伸出手的刹那,消失不见,或者逃之夭夭。

我追着一条绿色和粉色相间的无名漂亮大鱼游着,听到水中自己被放大无数倍的钝重呼吸声,像个受伤的野兽发出的喘息。

我觉得那才是我真实的状况,我是被埃及重伤过后的小野兽。

那一刻什么都没有,虚无最快乐。

在深海待得浑身冰凉,我和哒哒往岸边回游,然后在沙滩上晒太阳取暖。远处的沙特随着天色变化,若隐若现。

晚上我们带了学校的课本沿着海边的小街找餐厅吃饭,然后复习功课。

选了一家叫 Penguin 的餐厅,放着慵懒的 solo,我们走上二楼,巨大柔软的靠垫围成一个个小圈子,我们在靠海的地方席地而坐,开始读菜单。

我点了葡萄牙炖鸡肉,哒哒则点了炸乳酪和蔬菜色拉。

海风时隐时现,餐厅的灯光照射在近处的海床上,有生动的肌理效果。

小野猫很快围绕着我们坐下来,它们长着跟别处不同的眼睛,眼距很宽,扁长形状,如果是人,就是地道桃花眼了。

远处的沙特,在夜色里有零星的灯光。

哒哒拨斐萨的电话,想开个玩笑:喂,我正在海这边看着你,别做坏事哦。

但是,那边一直没人接。

她不停地重拨,强迫症似的。

我强行抢下她的手机,亲吻她光滑的肩头,连哄带骗:先吃东西啦!吃完东西他还不接,我们就游到海那边去踢他屁股。

食物上来,小野猫们一哄而上,我们左扑右挡,才保住盘中的食物,侍应拿来两个喷壶,我们很快知道这是用来赶走小野猫们的好东西,于是这顿饭就在一手拿喷壶进行保卫战、另一手拿着叉子尽量把东西放进嘴里的忙碌状况下吃完。

这一阵热闹之后,我们叫了两管水烟和卡卡滴,开始复习功课。

默哈默德是个勤奋的好学生。

阿拾拉夫在帮妈妈打扫房间。

……

雅库比是个王八蛋用阿拉伯语怎么说？我问哒哒。

她把一块炸乳酪放进嘴里,边嚼边转动着绿眼珠:我也想知道呢,埃及这边王八蛋多得数不过来。

74.

埃及的漂亮王八蛋多得数不过来。

埃及王八蛋的恋情多像一个模子里刻出来的,全都让女人生气又抓狂。

如果你说晚点打电话给我,有可能一小时,有可能一天,有可能一个月,有可能永远不。

如果你发短消息来说你想我,有可能想我想得快疯了,有可能就是潦草地想了想,有可能是寂寞无聊了没事逗我玩,也有可能只是发给别的女人却错发给了我。

如果你没和我做爱,可能你不爱我,可能你阳痿,可能你怕我不想对你负责,也可能你盘算好了让我强奸你然后你可以得了便宜还卖乖地全身而退。

如果你亲吻我却不探出你的舌头,可能你真以为自己是在拍电影,我是别人的女人,只是拿了片酬和你逢场作戏;可能你妈你爸没教过你怎么亲;可能你有艾滋病或者肝炎,你有点良知知道自己应该好自为之;可能你怕我有艾滋病或肝炎,你要好好保护你自己?

后来海风吹过,我和哒哒沿着海岸线飞驰,没有你,没有斐萨,没有任何男人的踪影。只有红海美得让人失却言语,土耳其蓝,靛蓝,孔雀蓝,粉蓝,宝蓝……深浅不一的海水在阳光下有令人晕眩的层次。岸边大片小片的红海别墅群里,却没有我和你说好一起努力建造的那一幢。

我们没在红海边上慢慢变老的原因,可能有很多种,可到底是因为什么,我们混着世界上最古老两个国家的血液与精髓的漂亮孩子没在椰子树下嬉戏?

我的哈比比,这一切到底是为什么?

75.

学校里期中考试成绩下来，我得了82分，是全班倒数第二，垫底的是阿伊莎。

尽管在开罗的日子，我问心无愧地觉得自己是个按时完成作业、每天额外背单词做预习的用功学生，但仿佛在抑郁的充满幻觉的精神状态里，背下的单词只能短暂储存，然后又被抹掉了，所有学到的知识也是这样，仿佛一切都是肤浅潦草的。

喝一杯果汁并不能真正体会清甜，味道再好的东西也只是吃下去，从牙齿到喉咙到胃，完成一个生理任务，整个人都被无形地塑封了一样，触摸不到真实的世界。

理所当然地影响我在学校的表现。

穆斯林女同学们的分数接近完美，三个满分统统来自塔吉克斯坦，平时她们三个就分外用功，加上她们的语言本身和阿拉伯语有很多相近之处，也没什么玩乐的事情分心，得满分也应该。

其实单看我的分数也没那么差劲，但其他穆斯林女孩的分数都在95以上，哒哒和韩国女孩也都混上90分，8字开头的只有我和阿伊莎，成绩是贴在学校布告栏里的，我一时灰头土脸很没面子。

正巴不得自己蒙头巾没人认得出来，灰溜溜地从布告栏前撤退。

孰料越想不引人注目,越有人大声叫出我的大名。

梁薇奇!

是个女音,善哉善哉,不是老在我狼狈不堪的时候撞个正着的可恶小子康晨。

我四下一看,是我遇到拉提夫之后,请来在家上课的阿拉伯语老师,小秧。

考得好吗?

小秧老师上来就问得我面红耳赤,我竟一下子没想起来她教我的字母发音都有问题,我怎么可能像塔吉克斯坦的女生那样考满分。

再一问:你家哈比比还好吗?

我更加无语,快速拉着她撤到学校后门的玫瑰人生咖啡馆。

咖啡馆的空位依然很多,埃及本地人喜欢去的地方,总有一种蜂蜜、薄荷和石竹花的气息。

小秧和我坐下,叫了水烟和卡卡滴。

她是上外和开罗大学的交流老师,要在开罗大学访问一年,我随口提起有个朋友就是上外毕业的,名字叫康晨。

圈子太小,竟是她的得意门生。

她还笑着说跟他聊起过在上海时给我补课,我问的那些肉麻的句子和我的未婚夫。

我呛了口烟,咳嗽得地动山摇,小秧不住地问我没事吧。

我竭力平息自己,问她:你可曾提起我的名字?

小秧老实地点点头,但他没说认识你。

我哦了一声，说自己跟他也不怎么熟。

你什么时候和他见面聊起这个的？我忍不住又问了一句。

两个月前。

我的心底一声轻叹。哇哦！他早就听说我有个未婚夫，竟然没半点异常反应，甚至还一如既往请我吃饭，陪我出去玩。

我真佩服得五体投地。

以为和他来自同一个中国南方城市，说着同样的方言，喜欢吃菜里多一小勺糖的偏甜的本帮菜，熟悉每一条上海街道背后的人文意义和上海人每一个微妙表情后的潜台词。

却在这一刻，发现他和文化背景全然不同的拉提夫一样，难以捉摸。

他的清新韩剧脸，他的细心沉稳，他的 CK 风格，也许只是我自己臆造的内容。

76.

见过小秧后的周末，康晨依旧不动声色地来找我玩，我也同样不动声色地应战。

这一场博弈，牵扯身心，遥遥无期的对峙。

他这次要我帮一个挺有意思的忙，给他和商阳剪头发。

在开罗找个称心如意的理发师可没那么容易,要把自己要什么发型用埃及土语说明白比登天还难,而且头发一旦剪不好,要难看好长一段时间,在上海还可以戴帽子遮丑,开罗的夏天戴帽子就要捂出痱子来了。

所以花钱理出个怪胎头还不如交给我来打理。我自己的埃及艳后头就是DIY的,这个发型足以成为我的理发师招牌。前刘海的长度可以披在额前,也够用夹子拧到后面。后面的长度也可以变出很多花样,可以盘起,可以披下来,也可以吹出各种造型,出入各种场合都适合。

在康晨和商阳之前,我已经为H公司的几个女孩剪过头发。

我从家里拿了浇花的喷壶和剪刀,跨过铁道去206街给两个男生剪头发。

经过那几棵非洲老树的时候,又鼻子痒痒的,打了一串喷嚏。

我关照他们先把头发洗三遍,不许擦干,等我来吹。所以当我到达他们公寓的时候,两个男生正头发滴着水乖乖坐在客厅里等着我。

我手拿剪刀,咔嚓咔嚓。

康晨的脑袋放在我面前的时候,冒着番石榴洗发水的香味儿,我只想拿剪刀一剪子把他脖子剪断,看看他的血是不是像friday里的霹雳太空饮料一样冰蓝带电,再把他颅骨掀开,看看里面是很多齿轮和金属铆钉还是火山岩之类的成分。

看上去那么温和美好一个男孩,我至今都不能心安理得地用男人来称呼他,甚至不曾想象和他kiss会是什么感觉,所有对待男人的伎俩我也不忍用来对待他,他怎么可以那么不可捉摸,把自己掩饰得那么好,冷静得像机器人一样。

和他那么相熟的商阳,竟然在一次吃饭的时候,没头没尾地问我:你觉得你了解康晨那家伙吗?

周南南也不肯放过我,在 MSN 上和我讨论广告方案讲到一半,忽然给我当头棒喝,通告我她准备和一个 gay 造型师假结婚。我很肯定,她满满一抽屉的避孕套到现在还没用掉任何一个。

难道身边的每个人都是来自未知星球的异形,语言和文化背景不足以成为分界线,陌生,好奇,无知,靠近彼此,却又无法真正靠近。

我对世界的看法,多了些阴暗而迷幻的色调。

从不曾设想,这样的色调是康晨带给我的。对他,我未曾设过边防哨岗。

77.

因为不了解情况,埃及这个国家对于我来说,就是神经兮兮的。

毫无征兆地,某天街上呼啦啦飘满国旗,又忽然某天邻居们的阳台上都呼啦啦地挂起 1980 年代舞厅里的那种彩灯,再某天齐齐地把彩灯收起来。

邻居们还可能某天统统度假去了,整个城市像空城一样,又过不可预期的几天,人们又潮水一样回来了,到处都闹哄哄地充斥着肚皮舞的音乐。

一点儿都摸不着规律。

学校也不会发出特别通知,照常去上学的日子,某天忽然吃了闭门羹,被门卫告知是某某节日,所以放假。埃及在放假的概念上,绝对国际化,伊斯兰教的节日要放假,天主教基督教的节日也要放假,然后还有国庆节踏青节之类,所以我们这些留学生兴冲冲赶到学校却吃闭门羹的机会还真不在少数。

大家也只能摇摇头,拿这个无厘头国家没办法。

斋月将近,是伊斯兰教的主要节日。埃及全国放一个星期假。

这解释了15街树上为什么挂满了彩灯,有些广场上用土布围起来聚餐的地方,是给穷人们提供斋饭的。外国人对于一个陌生国家的观望和理解,都是这样反向的。

康晨邀我去坐游轮巡游尼罗河,他们公司的男生们都去。

我欣然答应,没有提及去年此时,我已经坐过公主号,也巡游过当年埃及艳后与亚历山大的路线,并且在卢克索与拉提夫火线订婚。

反正他有小秧卧底,我和拉提夫的事也早早知道,他要装聋,我就只得配合着做哑。

和我们一起的都是他们公司那个年纪的年轻男孩,他们看不出我的真实年龄,更不会想到理论上我是已婚妇女。

我们坐火车从开罗到阿斯旺。开罗的老火车站,穿越长长的地下通道,午夜的站台,等待火车。

我拎了个和哒哒去二手店淘来的古董老皮箱,戴了顶英式草帽,我总觉得埃及的这种经典老火车，适合拗个怀旧经典造型，像是在拍黄金时代的电影一样。

年轻的IT男孩们不会欣赏开罗市中心的老建筑，他们闻不到老房子里混浊迷人的气息。

他们在神庙里不顾拉美西斯法老的注视，随处坐下来玩杀人游戏，也不顾尼罗河沿岸的迷人风光，只是在五星游轮上打牌吃泡面睡觉。

也好，所以他们是没有阴影的一代。

火车在早上八点到达阿斯旺，脚夫们等在出口，马粪的痕迹，驴子的嘶叫，灰尘与鹰眼豆的味道。

一点点接近卢克索，我的心怦怦跳，回忆掀开一角。

在卢克索的夜航中，你和我在游轮甲板的游泳池边亲近，黑暗中无法避免的吸引，无从着手地想彼此占有，而任何的形式，还是不够深刻，不够亲密，做爱也不能满足。

你随日光月光而发生变化的面容轮廓，罗马人与古埃及人混合而成的体格，荷花香精的气息，时而威严时而天真的神情，非母语的交流，用词的不准确性，让一切都离真实有距离，无法确认任何线索。

你说爱，也许你只是不知道喜欢这个词语的存在，所以你的爱不一定是绝对的爱，你可能还不够爱，或者停留在迷恋的阶段，但我的耳朵听到你说出惊心动魄的这个字。

我应该在听到爱的时候，喜悦甚至兴高采烈，但我因为疑心和不确定而越发忧郁。忧郁让情人更加性感，于是性感，忧郁，沉沦于此，迷宫般没有出口，也无法用身体去为语言做补充说明。

你爱我才会折磨我,在我的尖叫与疼出的泪水里,告诉我你有多迷恋我,要得到我。我是你的女人,从此不许和别的男人出去,要用黑纱从头到脚蒙住,不许别的男人知道我的好。

一切都无法衡量,一切只能在我们的犹豫与肯定中,自己给自己一个解释。

而这一次,我却和另一个人登上了尼罗河上的公主号游轮,一个比自己小三岁的上海男孩。

78.

十月的太阳移到午后的位置,我仰躺着翻了几页《恶童日记》,之后决定把我的背也晒成古铜色,于是翻身,解下比基尼背后的带子,把胸部贴在浴巾上。

康晨虽然不动声色的能力一级棒,但真到了这种挑战极限的时候却害羞地避向另一边。

我的视线从仰躺到俯趴转换,忽然看见尼罗河左岸的咖啡店里坐着一个和拉提夫酷似的身影。只是头发长了,用发蜡全部向后梳着,墨镜不是我熟悉的那款,变成遮面黑超。

一个上了年纪的欧洲老女人正用手抚摸着他的下巴,一会儿又拍拍他的大腿,他任她摆布,顺从地和她温存,我这里看过去的景象,活色生香。

那是我的拉提夫吗？那是吗？

我不安而吃惊地看着河岸上，停船，快停船！让我下去！我失控地叫起来。

我爬起身，用毛巾蒙住自己就往船舱里冲，康晨一声不吭地跟在我身后，只淡淡问了我句：怎么了？

我还有最后的理智，知道面前是康晨，不在他面前提起拉提夫，是我和他之间的底线。

让我下船，想个办法让我下船。我只是重复着这一句。

他依然像个稻草人一样，看不见情绪的痕迹，条理清晰地说：别急，行程表上船半小时后就靠岸了，现在船没法为了我们停下来的。他在这个时候也记得用“我们”，他的冷静超出他的年龄，在任何时候都是那样沉着理智。

我们半米左右的距离，观望彼此，不再有任何言语。

半小时后船缓缓靠岸，我换了衣服，没和康晨打招呼，独自叫住一辆马车。我记得刚才那个疑似拉提夫的男人所坐的咖啡馆，我对马车夫说，向前，一直向前，快点。

一声马鞭，马蹄得得。

如果那真是拉提夫该怎么办呢？我犹疑地盘问自己。

尼罗河岸的美景已经毫无乐趣，一切都覆上青苔，黑色的灰色的狗屎颜色的。

半小时前的咖啡店，就在这河岸的某一段，但我却坐着马车飞奔了一个小时还没到达。

天色渐暗，终于来到那片露天咖啡馆。我心急火燎地走进去，那个看到熟悉侧影的座位空荡荡，人早就不见了。

我找服务生询问，描述我看到的身影，但服务生并未留意。他只是带着不怀好意的笑容说，在这里，年轻埃及男人和欧洲有钱的老女人在一起，太多了。

他指指远处的别墅区，那里就是欧洲人寻欢作乐的地方。

79.

即便是在尼罗河上我那样破绽百出地下船去追索拉提夫的行踪，康晨还是一如既往，看不出喜怒哀乐。

而一个玩 UNO 牌的晚上，我却先到了濒临窒息的边缘。

在 233 街闲逛的时候，康晨在文具店里发现了他在叙利亚留学时常玩的 UNO 牌，一种有四种颜色、以先逃完手中牌为赢的游戏牌。

商阳本来说输的人要脱衣服，当时是开罗最热的时候，每个人身上的衣服都不超过三件，不出一局牌就要一丝不挂了。

在我的坚持下改为输的人要以手中牌的数量穿衣服，那么热的天，多穿衣服才是惩罚。

三二一，游戏开始。

起先输的总是商阳，在罚穿了两件T恤和五条短裤后，他耍赖地说穿袜子和往头上绑头巾也算穿衣服。然后他的头上很快彩旗飘扬。

接下来我的运气变差，输得一败涂地。每次我输只能从康晨的房间里找东西穿。起先还有帽子可戴，有袜子可以蒙混过关，很快，连T恤和短裤都没了，只剩冬天的外衣和男式厚牛仔。

康晨幸灾乐祸，说你要是不想穿厚的衣服也行，我们卫生间里还有上个周末打球穿脏了没洗的运动服，味道很好哦。

我汗流浃背，比没刷牙没洗脸被他撞到还要狼狈，连跟他们理论的力气都没了，只寄希望于下一副牌让他们两个输个底朝天。

就算我们把空调开到最冷，他们四个卧室三个厅的大公寓也不觉得阴凉。

而康晨和商阳两人通力合作又让我输了一局六张牌的。

我开始坐在地上耍赖，坚决不肯再多穿任何衣服，我说你们怎么就没点绅士风度，我是女孩，又是第一次玩UNO，你们得让着我点儿，怎么能这样害我呢。

商阳拿来相机，在手里晃着，威胁说：想耍赖？你要是再耍赖，我们把你现在的样子拍个照片放到我们公司BBS上去，再标注每天早上不刷牙不洗脸就出门的女生。

我大呼不行。那样的话，我在玛阿帝还怎么做美女呢？

就算他们两个看到过我在每天第一杯咖啡之前邋遢的模样，不等于我要在全世界人面前出洋相。

僵持不下很久。

康晨不肯善罢甘休,强行来拉我,我用尽全身力气赖在地上,一手拉住沙发腿不放,商阳用力扳开我的手,康晨干脆把我连头连脚一起抱起来,朝房间里走,我怎么扑腾都没用。

他把我在他房间的衣橱前放下来,一手扳着我的肩膀让我动弹不得,另一只手拿过衣橱里最厚的 CK 棉夹克。

你不穿,我帮你穿。他玩得很 high,搂过我,把我的手往袖子里狠揣。

这个时候,我就在他的怀里,闻得到好闻的衣物柔顺剂的味道,离他那么近,太近了,想起哒哒在听到我和他之间有点情况时问我和他在床上如何,又想起周南南说我其实就是喜欢优等生。

一想到康晨符合周南南对优等生的定义,我就整个人像掉进深海要溺水一样害怕起来。

我推开康晨,装作生气来掩饰,说我穿就是了,然后自动穿上他的夹克。

走回客厅里,我冷冷地说,我要回家了。

80.

UNO 夜之后,我选择掩耳盗铃,仍尽力以一贯的优雅和漫不经心来保护自己。

我认为，只要我在康晨面前能够捍卫甜美优雅和漫不经心的姿态，我就可以放心地对自己说：我还没爱上他，我是随时可以全身而退的。

他不问的事情，我绝口不提。

我不提的事情，他也装糊涂。

克制自己的好奇心、嫉妒心、占有欲，克制自己想对他撒娇说肉麻话的冲动，克制每一次说再见时亲他的想法。

无可避免的，我们两个之间变得越来越沉默，虽然还在见面时故作轻松地开着不疼不痒的玩笑。但这种状况的腐蚀作用很快以其他方式显现出来。

和他一起K歌，我的嗓子会失灵，从麦霸变一大朵壁花呆呆坐一旁。

和他一起吃饭，味蕾全部失灵，不知道饭菜是什么滋味。

和他一起看德文台的球赛，竟然半小时内一句德文都听不懂，而我的德文水平是足够谈合同的。

和他一起，英文也变得磕磕巴巴，经常忘词儿。

走在他身边，从大学开始就驾轻就熟的五公分高跟鞋会崴掉鞋跟。

和他说笑，唇彩会在嘴唇之间出现拔丝地瓜一样的状况，想跟他眉来眼去，隐形眼镜却从眼睛里掉出来。

反正EQ、IQ全失灵，只剩最后的矜持和固执的优雅，是我最后的最后的防线，一定要死死捍卫。

想不通康晨的时候，就开始想拉提夫，想不通拉提夫的时候，就去想康晨。

但想谁都不快乐，想谁都似弥留之际。

81.

斐萨飞往沙特一个月后,终于在一个凌晨三点打电话给哒哒。只说自己很忙,压力很大,所以不想接任何人的电话。就这么轻描淡写地把哒哒一个月里如坐针毡的疯狂等待一笔勾销。

哒哒窝在我客厅的沙发里,磕着我长得跟臭虫很像的埃及瓜子,顺便祥林嫂样咕哝:他打电话来,花着长途话费,说明我对他来说总是有意义的,所以我应该相信这世界上有美好光明的一面,不要瞎怀疑。

我不置可否,刚洗完脸,正朝脸上印着爽肤水。也许只有自己是个男人,去沙特那种没有乐子到处都要蒙头蒙脸时时以最严肃的态度尊崇古兰经的地方,才能知道打长途电话找美女聊天是解闷,还是意义重大。

一样的道理,看看康晨,处心积虑来接近我,对我好,又没有贪求,到底除了追我还有没有别的解释?

斐萨电话的结尾是:我会晚点再打电话给你。

哒哒就此陷入了语言的陷阱:是一个小时后,还是一个月后,还是永远不?

等待总是让人抓狂的,特别是两个抓狂的外国女人在开罗这样迷幻的地方碰在一起,那就更歇斯底里到可以演话剧的地步。

哒哒不想继续窝在公寓里溃烂发霉，我不想吃玛阿帝任何中餐馆的外卖，我们翻着“100 个开罗不能错过的好地方”指南，找到一个叫 Sakkara Palm Club 的地方。在尼罗河绿洲的边缘，入场券很贵，应该会很幽静。

我们把比基尼穿在沙滩裙里，光着腿出门。只要我们两个人在一起，才不管这里是开罗还是迈阿密。

没想到，里面人还是不少。

两只巨大的充气鳄鱼浮在水面，椰子树上水光绰绰，泳池边的年轻人踩着 AMR 的轻佻歌曲跳着舞，虔诚穆斯林的妻子裹得严严实实地坐在角落里，看着穿比基尼的女孩们发呆。

我和哒哒决定先去餐厅吃饭，等我们吃好，正是埃及人吃饭的时间，泳池会空出来，这样我们就可以尽情畅游了。

今天我们都需要专心致志地游泳，只有速度和水流的力学作用，没有任何事物出现在脑海里，也不再有任何恐惧和不安。遇见你以后，如果可以有这样的时刻，那将是美好而珍贵的。

除了游泳，也尝试过很多形式去找到这种时刻，可以把你赶出我的血液和思维，不再无孔不入。

比如在手指肚上切一个小口子，让血液汩汩流出。注意力被肉体的疼痛占据，你这个幽灵随着血液流出我的身体，一点一滴。是不是这样，我才能忘记你？

或者放一部日本恐怖片，幽灵从阳台爬进我的开罗公寓，午夜卫生间的镜子里出现一双充血的僵尸之眼，看书的时候字全都浮出纸面，显示出某条远古的诅咒;浴缸水槽里残留的长发来自自杀的少女——那有可能是我——我若因你而死,一定会从开罗下水道摸到你家浴室水槽,把你放进微波炉里转熟,一口口吃掉,把你的骨头再转几个小时,转得又脆又酥,噶嘣噶嘣当零食吃。

这样你和我就完完全全合二为一,这样你就溶解在我的身体里,离我这么近,我从此不再想念你,因为想念你就是想念我自己,也不会怪我爱你爱得失去自己,因为爱你就是爱自己。

可惜,我还没有死,想你的时候我一个人坐在午夜的开罗公寓,被异想天开的日本恐怖片吓得屁滚尿流,短暂地让自己被另一种情绪解救,与其想你时全身爬满蚂蚁,心被蚯蚓钻孔,还是让我尖叫尖叫再尖叫,让全开罗城今夜无人入眠才好。

想你的时候,我还有一种嗜好,就是洗个滚烫的热水澡,然后把冒热气的头伸进冰箱冷冻层里,闭上眼睛,安静地等待我的睫毛和头发渐渐结冰,表情停滞,脑袋会被冻疼,冻疼了再坚持一会儿,我就会局部失去知觉进入麻醉状态,美妙的幻觉在此时出现,想幻什么就幻什么,幻得快死掉的时候,把冰冻脑袋拿出来,再回到浴室里,用水冲,慢慢让脑浆融化,把自己折磨得发烧。

还有的时候……

哒哒忽然拼命摇我,把我从这些歇斯底里想你的片段里拽出来。

她用下巴指了指三点钟方向,我顺势看去,两棵椰子树有点妨碍视线,但还是看到一个熟悉的身影,这个身影出现在这里让我惊讶得牙齿打颤——是阿伊莎！她穿着和我们一样的比基尼，看过去幼嫩美好，皮肤光滑，骨骼迷人，身边是考古系的巧克力王子梅根。

事态严重，为了确认我们没认错人，我装作去洗手间从他们后面走过去。

我看见阿伊莎标志性的半截红指甲正拿起埃及土产无酒精啤酒，我曾经在她上黑板默写课文的时候无数次被她的手指吸引，她从不涂满，只把指尖染红。

是她没错。

难道梅根托我交给她的纸莎草画里，有私奔的计划吗？还是秘密幽会的计划？

我敲敲自己的脑袋瓜，只怪自己会的语言不够多，轮到要破译密码的时候只能干瞪眼。

除了拉提夫·雅库比你的乱码，梅根的纸莎草古埃及语，还有谁要让我抓狂的，尽管放马过来。

我快步绕了个圈子回到哒哒身边，我们都为阿伊莎的处境浑身发冷，埃及是个可以因为爱所以爱的国家吗？

我和哒哒玩乐的兴致顿消，悄悄退出俱乐部，决定在附近的主干道找个地方坐下来，观察动向，看看阿伊莎后面会到哪里去。

阿伊莎和梅根现在到底算是怎么回事？

若是从家里逃出来和梅根约会，被她父母知道了还了得？

82.

没过多久,开罗大街上洋溢起欢乐的气氛,树上和建筑的门前挂满传统彩灯。毛驴的尾巴上系了彩绸和纸花,肉店外聚集着羊群,宰牲节要来了。

就是在这样明快的日子里,某个晚上,全身素黑的阿伊莎忽然出现在我的门前。

我开门让她进来,她放下头巾,一副失魂落魄的样子。

天气变化,我最近家里总是煮着姜茶,倒一杯递给她暖身,楼下却聒噪起来。有人向门房的女儿问话,我听清是在找阿伊莎。

我朝阿伊莎做了个不要出声的手势。

很快楼梯上响起下饺子一样的脚步声,听起来有一小队人马来到我的门前。门铃被粗鲁地连续按着,附加用脚踢门的声音。

阿伊莎的脸色惨白,我把她推进我的卧室里,把门从外面锁上。拢了拢头发,我定神开了门。

门前的一众人马都是长袍包头巾的打扮,聚集着凶神恶煞的暴戾之气,带头的是阿伊莎的父亲,我和他碰过面。

一刹那,我因为他们的气势而进入临战状态,手在胸前交叉抱起,下巴微扬。

什么事？我用能找到的最冷的声线说，目光尽量虚无地平摊在他们每个人身上。

阿伊莎必须跟我们回家。父亲厉声道，说的是埃及土语。

但她不在我这儿。我把声线维持在冷静的状态。

门房的女儿说她看见一个埃及女孩进了你家。

门房的女儿！我心里恶狠狠地嚼了一遍这个女人，但脸上什么表情都没有。

反正我没见过阿伊莎，她在哪里我也不知道，你们再打扰我，我就叫警察了。我晃了晃手中的 手机。

一听警察，众人眼里都有了退缩之意，因为在玛阿帝，外国人总是对的，本地人在警察面前占不了便宜。

阿伊莎的父亲死死盯住我的眼睛，对峙了半分钟，回头和众人用土语说了点什么，终于不大甘心地离开。

我在阳台上观察楼下的状况，发现阿伊莎的父亲在真正离开前，数了两张百元埃镑给门房的女儿。

门房的女儿拿了钱，去杂货店买了两袋 molto 坐在花园里吃起来，一脸捡了皮夹子一样的得意。

83.

大约一个小时后，哒哒赶到我家，在玄关里艰难地脱下长筒靴子，把那只随身携带的蒙古匕首往桌子上一拍。

有什么不平尽管说，有我在呢。哒哒晃晃手里的匕首，刀光凛冽。

阿伊莎浑身都在发抖，抱着我的大抱枕，一个劲地说，我不要嫁给那个头人的儿子。

我和哒哒围着她坐下，想知道现在到底是什么状况。

我们交流只能用夫斯哈，而阿伊莎的夫斯哈近期实在没什么长进。

我于是拿出电子字典，是康晨帮我邮购来的，有中英阿三语互译功能。

告诉我们，到底发生了什么？

阿伊莎竭尽全力用夫斯哈跟我们说了一气，听不清楚的就让她用笔写下来，我们查字典，字典里没有的土语就 google，最后了解大意如下：

阿伊莎和梅根的事瞒不过家里，父母眼见女儿要闹出有伤家族名誉的丑事，而梅根的情况根本不可能考虑娶阿伊莎为妻，所以决定迅速让她和表亲米度成婚。

表亲米度早就垂涎阿伊莎的美貌，迅速下聘，双方父母都已确认，婚期就在十天之后。

表亲米度是街区头人的儿子，在阿伊莎父母眼里，这桩婚事称心如意。

阿伊莎不愿嫁给不爱的男人，在哈鲁湾过完一眼望得到头的寂寂余生。

何况，她正热烈地爱着梅根。

十七岁的爱，我们都记得，吹弹欲破的脆弱纯澈，怎可能甘愿嫁给素不相识的另一个男人收场。

我和哒哒面面相觑，埃及人的婚姻到底是什么规矩，我们作为外国人一点儿发言权都没有。

唯一可做的就是，把阿伊莎藏起来，如果一直找不到阿伊莎，也许这婚事就不了了之了吧？

很多事情，不也就不了了之了吗？

但既然她父亲已经盯上我这儿了，我们最好把她转移到其他地方藏起来……唔，哒哒和诗人父亲住，何况她和我这么形影不离，她那里和我这里没什么本质区别，我当然想到了人多势众的H公司。

打电话给康晨他手机正好关机，于是去找商阳。

我大概说了一下情况，希望能把阿伊莎挤到他认识的女生公寓里住一阵，反正他们公司的公寓多有闲置房间。

但商阳的反应出乎我的意料，只能说明我对上班族明哲保身的卑微程度不够了解。

他先是把这事定性为非常麻烦甚至危险的事，然后反问我干吗管这种闲事,之后就表明态度说这事有可能会影响他们公司同事的安全和他自己的安全。所以,综上所述,奇奇,你是我的朋友,我建议你快点把她请出你的公寓,第二,我们这边确实爱莫能助。

我结束通话,嘴角忍不住轻蔑地翘起一个弧度。

这就是H公司这群人的小民姿态,对上司阿谀奉承,对同级能踩就往死里踩,而且手段龌龊,用不着的人不会浪费精力。我有点觉得恶心。

康晨那边我也没有再试图联系,甚至有点庆幸他的手机没打通,如果这番话从他嘴里说出来,除了我和他之间的一切都失去美感之外,他会降到我看不起的地步。有些人性的弱点,还是不要考验为好。

我回转身来,将烟盒里最后一根烟递到嘴边,对阿伊莎说,你还是住在我这里,我再想想办法。

84.

叫了gad的埃及家常菜外卖,这家的菠菜羹和鸡肉香米卷都很好吃。

然后紧张兮兮地把门从里面反锁起来,把窗户也都关上。

趁阿伊莎吃东西的时候,我把客房的床铺好,这么多卧室从住进来到现在除了有一间给哒哒偶尔留宿,其他的还真难得有用武之地。

阿伊莎睡下后，我在客厅里翻了两页要复习的课文，心里乱糟糟的，根本看不进。

康晨打电话来，说从商阳那里听说了我这边的事。我朝铁路对面张望，隐隐能看见他站在家里的窗口。不知为什么，我心里在这个话题上，对他没有半点信心。

我马上抢在他继续说下去之前，说事情已经解决了，不用担心。

这就像在商阳回国的短短两个星期里，一贯冠冕堂皇的康晨其实有不同寻常的举动。但商阳提前回开罗来，我和康晨也恢复到周末冠冕堂皇混时间的状态，别人都觉得我们之间有什么，但我们自己却找不出实质上有什么。

我和他之间的状态，为什么和商阳在与不在有这么大的关联？康晨在那些瞬间到底想着什么？

这些小事情，都给我与阿伊莎这件事一样的触动。

我不想去猜测可能性，我情愿自己抢先一步堵住可能的不堪与尴尬，让一切停留在优雅与不动声色的阶段。

夜里，阿伊莎尖叫着惊醒了好几次。我能听懂的，只是救我。

在这样的时刻，究竟谁是谁的救世主？

还是我们都是过江泥菩萨？

为什么从她的手心里接过那三颗无花果时，我没有掂量一下？

85.

快期末考试了,我一心想挽回期中考试的颓势,不能再翘课。

我去上学的时候,阿伊莎还在房间里睡觉。清灵美好的少女脸庞掩在埃及棉的白枕头间。一条手臂落在被子外面,指尖的蔻丹鲜红,仿佛凝结了所有。

我留了纸条,告诉她冰箱里有东西,放在微波炉里热一下就可以吃。

然后我独自出了门,开车上生死疾速。

这日不知为什么,心里无来由地不踏实。放学后比往日速度更快一倍地往回赶。

打开公寓大门时,门窗大开,果然阿伊莎已经不在。俄罗斯猫瓜瓜缩在床底下,喵了一下。

早上离开时,她睡着的客房大床上被褥凌乱。从门口到客厅,有很多形迹可疑的脏脚印。

那张梅根托我们带给她的纸莎草画,掉在地板上,无依无着地。

外面天还亮着。

门房的女儿今天有了闲钱买超大袋的洋葱薯片,嚼得咯嗞咯嗞乱响。

除了她,没人知道我的备用钥匙藏在木头信箱顶上。

86.

埃及允许卖酒的地方很少，每一处都需要特殊执照，幸亏我们住的玛阿帝欧美人占了大部分，气氛也开放些，想喝酒可以去老别墅改造成的 Plaza55。

露台只有三张桌子，一般都被情侣占据，景象缠绵悱恻，难得这天我和哒哒抢到。

点了薄荷酒调出的“夏威夷岛屿”和纯威士忌，准备喝得天花乱醉再回家——难得有酒喝的地方离 15 街这么近，不用像在 Softel 的 Buddar 吧或者 Hardrock 那样担心我们两个都喝高了会一脚踩进尼罗河里。

今夜开罗月亮又大又圆，我们四仰八叉地窝在二楼露台的沙发里，跟着楼下 pub 里传来的歌声，晃着脑袋。

手机响起。我把所有埃及人的来电铃声都设置成埃及歌，接起是阿伊莎，声音慌张，原本我们的阿拉伯语就有限，现在更加语不成句。

她不断交替念着梅根和她的未婚夫米度的名字，然后说没有了，没有了。

我把手机交给哒哒，她听完对我说，好像阿伊莎的意思是说，本来和梅根约了见面，但梅根不见了，她的未婚夫却来了。

阿伊莎的情绪感染了我们,我们预感大祸将至,几乎同时打了个寒噤,问清她在哪里,然后抓起包出门跳进车里,去找她。

哒哒说:最坏的可能是,阿伊莎的未婚夫发现了梅根和阿伊莎的事,而现在梅根不见了。

你的意思是,阿伊莎的未婚夫……我不敢说出那个词。

哒哒心领神会地点点头,依然是德国式的直肠子:是的,梅根有可能被杀死,抛尸荒野,而阿伊莎的处境也非常危险。

我不敢多想,手脚冰凉,在这样的时候,我下意识地想拨康晨的电话号码,但又强迫自己打住。康晨是什么样的人,我越来越没底。

我们心急如焚,飞车抄小路穿过撒拉登古堡下面的整片死人城,又在临近老城区的马路上顾不得超车时被埃及人骂得好难听,最后总算没头苍蝇样赶到阿伊莎讲的老城区。

但是我们找遍所有角落,都没有看到阿伊莎的身影。

打她的手机,已是关机状态。

我和哒哒第一次不是因为埃及王八蛋男人,而是为一个女孩,疯狂地重拨再重拨。

您拨打的电话不在服务区!

87.

月圆之夜后，再也没有阿伊莎的音讯。

我和哒哒趁学校午休的时候，硬着头皮去男生部考古系找梅根。

男生们看到我这么厚脸皮来找帅哥的女生都坏笑不止，但我实在顾不上这些了。抓住一个戴着耳机听 ipod 的美国小子，问他梅根在哪里。他说不知道。

拦下一个不知是韩国人还是日本人的东亚小子，也不知道，甚至不会讲英文。然后看到一个貌似来自其他阿拉伯国家的小子，他的信息稍微深入一些：他今天没来上课。

我和哒哒对视了一眼，无名冷气袭来，我们同时打了个寒噤。

我想起，那时你恶狠狠地说过，如果我和别的男人暧昧不清，你就把我们两个全杀了。

我和哒哒从此又多了一个习惯，拨打阿伊莎的号码。

同时我们日复一日地去男生部找梅根，他也一直没再出现。

全世界都开始不在服务区，全世界都会骤然消失。

还有什么是我能确定的吗？

还是我们自此只能带着无能为力的落寞，郁郁度日？

哒哒抱抱我，提议去 Friday 喝两杯。

至少,我们还可以学好阿拉伯语,我们要去巴勒斯坦要去阿富汗,有一天我们会竞选联合国秘书长。

这些都是我们可以努力去做的。对吧?

我同意。

视角拉开到全球的宏观领域,反倒比埃及日常生活中细枝末节的无解状态让人有信心些。

干杯,为了未来的联合国秘书长!

88.

秋天深了,我一个人睡着开罗双人床,床单在燃木一样的阳光照耀下,白得发亮。

曾经的记忆,依然是你,都是你,拉提夫·雅库比。

在上海等你的三个月让周南南忍无可忍,我的工作状态从未如此低潮,周南南把我推上去德国看展览的航班。

一般我在旅途中,总会遇见点让我转移注意力的人,这世上知我莫若她。

但你却真的非同寻常,不是任何小桃花能夺取的热情。我在德国看展完毕,毫不犹豫弯到红海边上去和你过周末。

从法兰克福到开罗只要三个小时,途中忽然气流湍急,颠簸程度像是随时会坠下去。

身边坐的是一个脸上粉快掉在地上化着骇人妆容的荷兰老太太，自称是个画家，会讲几句零星埃及土语，住在卢克索左岸——众所周知欧洲上了年纪的女人寻欢作乐的地方。

老太太讲起她的三个男模特，从手札里拿出一个素描薄，清一色埃及裸男。

我和飞机差点儿一起从云层上空翻下去。

89.

来接我的是你哥哥，你正在带团，要在红海直接与我会合。

你哥哥和你一点都不像一个爹娘生出来的。

他像努比亚人，你像意大利人，估计你的姐姐们应该会像希腊人，因为埃及人一窝生出来都会涵盖好多人种的模样。

另外你哥哥对我的热情程度，让我难以招架。从开罗到沙姆沙伊赫的路上，他对我说了无数次的我爱你，并且说如果我不想嫁给你，可以嫁给他。

在沿途加油站休息时，他还问了我个古怪的问题：你给了我弟弟多少钱？

我在反光镜里仔细看了他的双眼，分得很开，没有疯子的迹象。

但他这是在侮辱你,还是侮辱我?还是他的脑袋被驴踢了?

他从反光镜里回看我,笑得格外邪:我敢保证你一点儿都不了解我弟弟。呵呵呵。

而我还是在又一次与你四目相对的时候,忘记了一切阴霾。

是斋月,又是大热天,你明显消瘦很多,在酒店的回廊阴影里我一把抱住你,不管三七二十一,你却像个大姑娘一样别过脸去说"不要这样"。

你解释说:对不起,哈比贝,现在是斋月,按照教规,太阳落山之前不能亲你。

好吧,太阳落山以后。

斋月里只要日不落,就不能吃饭不能喝水,不能亲吻不能做爱。一切都要等到太阳落山之后。做坏事,都要等月黑风高。

太阳落山以后,和你去餐厅吃饭。不知为什么所有的侍应都对我和你投来嘲笑的目光,不怀好意。

酒水是餐厅一轮轮由服务生端来的,给我的是混了酒精的饮料,他们故意放一杯带酒精的在你面前来羞辱你。

你义正词严,让他们去换一杯不含酒精的,他们讪讪笑着,拿走你面前的酒。

几分钟之后,端上来另一杯。

我和你举杯,为了再次相逢的这一刻,为了所有。

而你举杯饮一口,面色大变——还是有酒精的,一旁的侍应幸灾乐祸地笑起来。

你拉着我就走，到卫生间里，你抠着嗓子，要把所有当天吃的东西吐出来——这是你平生第一次碰到酒，从此被玷污，一定要吐出每一滴，和当天吃下的食物一起。

我只能站在门外一遍遍问你：你还好吗，哈比比？

这之后，你和我在红海边出入，都保持一米距离，你也不再和我坐在一个桌子上吃饭。

所有的人都笑话你，因为你和我在一起。

90.

红海的酒店面朝大海，我在你隔壁的房间。

三天三夜，我和你每夜独自回到自己的酒店大床房，没呢咕呢咕的可能。

你稍微靠近我的房间，就会被保安拦下。和你坐在哪里，哪里就引来不怀好意的目光。

于是我们只能去海边。

有人的海边，你不能坐，因为那里俄罗斯美女的小一号比基尼什么都遮不住，别人会笑话你在斋月海区偷窥裸女。

没人的海边，要沿着海岸线走到天边尽头。

是我们在沙姆沙伊赫的最后一天，即便走到天边，只要天边有我和你的容身之处,可以拥抱彼此,亲吻彼此,没有旁人目光,我们心甘情愿地走下去。

当我们终于找到那片黑色岩石下的岸滩,天已黄昏。

我们踏进海中趟水嬉戏,宛如三岁孩童。那一刻没有争吵,没有伤害,没有声嘶力竭。

我们躺在那片无人的海滩上,身下是一阵一阵涌来的海水。

我戴上蝴蝶墨镜,再度注视大海。在添加红色素的镜片下,一切都成了另一种颜色。

玫瑰色皮肤的埃及之王回到金黄色的海岸,怀里抱着绿色的海蚌,腿上缠绕着几条紫色的海藻。

沙滩上晒太阳的鬼佬们看过去尸横遍野,你从他们之间走来,像是战争结束后滴血的英雄。

你可以微笑也可以悲伤,但你只是在我身边坐下。

你要我听话,我就听话,乖巧地把头枕在你的大腿上,闻你身上好闻的疑似籽兰粉的特别味道。

之后你开始在沙滩上画画。

一幢房子,一个游泳池,五个孩子,我和你都老了,像埃及所有的乌咪和啪啪(妈妈和爸爸)一样,越来越胖,在大树下像两团肉球一样坐着,笑得眼睛鼻子都没了。

91.

从红海回开罗，全程都一面悬崖一面海，土红和层叠的蓝色交错在一起有种雄壮的悲剧美。

在路上你接了一个电话，然后很紧张地说，乌咪做香米饭的香料用光了，一定要先去罕哈利利市场买到香料才能回家。

每次乌咪做香米饭的配料用完，你就要横穿开罗，被商店里、行人手机里、外卖小弟的摩托车上以最大音量播放出来的肚皮舞节拍的流行歌轰炸，勇闯那些没有红绿灯也没有交通规则的拥堵马路，到罕哈利利市场的羊肠小径里去买小豆蔻和藏茴香。

你说的时候，没有半点抱怨，神色欢悦。接着就说，已经一个星期没见乌咪，真想马上扑到她怀里。这样的句子用在情人的身上也未尝不可，我当然心生嫉妒。

我忍不住问了那个每个女人都会问的傻问题，你最爱的是乌咪，还是我？

你呵呵痴笑，没回答。

你在清真寺后的停车场停好车后，给我叫一管桃子口味的水烟，塞给我一盒乌咪阿里甜点，叫我乖乖等你。

你的挺括背影从一堆老房子间的石子路走进去。不知道为什么罕哈利利市场耽搁了你那么久，你再回到我身边的时候，一脸疲惫。我的桃子水烟已经吸得没了味道。

我要跟你回家，不管你是住帐篷，还是睡大街，你住的地方就是我的家。

而你寻遍借口搪塞，我清楚地知道，你在撒谎。

你撒谎的时候，长睫毛会不住颤抖，我早就发现了这个秘密。

回到开罗，你的城市，我却依然没能跟你一起回家，等待我的是又一间空荡荡的酒店大床房。

你说，在埃及，没正式结婚，真的不能呢咕呢咕，要不然就是犯罪。

92.

第二天清晨，我在酒店餐厅把培根煎蛋扒拉来扒拉去，撒了黑胡椒又撒盐，还是一点儿胃口都没有。

夜里我浮想联翩，你到底为什么要把我一个人留在酒店。是有别的女人在等你过夜吗？

在我勉强喝下一口苹果汁时，你风尘仆仆而来，展开一张写满密密阿拉伯语的纸。

然后拉过我的手。

签字吧，给我一年时间，准备好所有的一切。那时我们想干什么就干什么。

你的目光如火如荼，把我所有的疑惑与阴霾一寸一寸燃尽。

这就是我一直的梦想，遇见一个人，没有机关算计的考量，没有反复确认，爱了就爱了，就要不顾一切地在一起。

我连那张纸上到底是不是写着把我免费卖给你当小奴隶都不知道，就那么签了字。

好的，哈比比，我等你。

那是我第二次离开埃及，虽然整个旅程乌云密布，疑点重重，我们的开罗婚约却还是开始倒计时了。

93.

阳光的角度逐渐偏移，白天和夜晚的温差日渐拉开。

风暴过后的清早，15 街总是被夜里砸下的桑椹染得红一块紫一块的，穷人家的孩子们沿街捡着还完整的果实，放进竹篮里。

在领馆工作的欧洲人都回家度假去了，而沙特富豪们则充斥所有开罗高级社交场。一切都懒懒的，很多事情都办不了，玛阿帝在白天也人迹罕至。这样的气氛里，游离于一切之外的外国人多少会有点半透明的脆弱。

没几天就是康晨的生日，天蝎座的上海男孩，会布局，有强烈的嫉妒心和占有欲。

我和他再次面对面是难免的。于是去开罗最大的商城 City Star 挑礼物,有备无患,不管我们的关系何去何从,形式上我依然要求自己优雅。

又一次清晰知道对他这一类 office 人士的人情世故一窍不通,商店里的东西没有一样能让我觉得适合送给他。知道最保险是买 CK,是他钟爱的牌子,但站在专卖店里,才发现几乎每件挂在店里的衣服他的衣橱里都有一件,T 恤,夹克,牛仔,沙滩裤……果然是超级 CK 狂人。

我更加不知道买什么给他好。

送那些媒体广告圈的朋友,什么都可以,只要好玩有意思,或者自己能说出个说法来。我熟悉那些和我一样的人,自恋,疯狂,不安分守己,没有偶像,没有底线,想干吗干吗。对于那一类人,送什么都一时夸张地高兴一下,很容易激动也很容易冷却,过后什么都不记得。

那个圈子的人,我可以像对待自己一样对待他们。

但是康晨却是截然不同的。

他生日那天,同事朋友们送他橄榄球、游泳眼镜、榨汁机……没有任何包装,劈里啪啦往他面前一扔。

而我的礼物包在淑女学堂学来的精致包装里,我的打扮显然在上班族 MM 面前太过分。

那一刻我反倒轻松起来,我学会想象自己随时穿着那件“so what”T 恤的样子,你们看不惯我,so what?

这就是我梁薇奇的风格。我 26 岁了,我是个不折不扣的文艺女青年，我一定要打扮得光鲜美丽出现在男人面前，我就是会对我喜欢的男人撒娇说肉麻的话。我不可能送男人玩具和电器，要送只送香水、皮夹、领带和贴身内衣。我的精致包装里是这四样中的某一样。

如果康晨还不能登陆到熟男熟女的世界，那不是我的错。而且我绝不能把礼物往他面前随意一扔。我一定要笑得甜甜的，眼角眉梢劈里啪啦放电，奉上我香艳的礼物，然后在他脸上深深吻过。大龄圣女对待小帅哥，当然能吃豆腐就吃一口，不然太对不起自己了。

我有备而来，但事态的发展还是出乎我的意料。

他的生日晚餐，大家都喝了很多酒，吃过饭后转移阵地玩真心话大冒险。他的同事在开玩笑的时候提起他一次把女朋友惹生气了，不停地用上海话哄她：开玩笑的呀，开玩笑的呀。

这话我准确无误地听见了。

康晨的神色也明明白白地知道这句话钻进我的耳朵里了。

然后我们避开了彼此的视线，和周围的人玩笑开怀。

我拼尽所有的力气，克制住表情的变化，若无其事地撑满全场，直到曲终人散他送我回家。

还有另一个女孩同路。康晨故意先送我到15街，一般他不管别人路线远近，总把我留到最后，但在24岁的最后一个夜晚，他刻意地避免和我单独对话的时刻。

其实我也没有任何话想问他或者对他说。

他有女友，我有未婚夫，彼此彼此，两不亏欠。

电梯停电的瞬间黑暗，终于可以被定义成友情赞助，不值一提。蓝月亮之夜就当是精神错乱。

再说一次,生日快乐,康晨。

既然我们都是政治家,那么就把场面上的事做到淋漓尽致。我以最甜美优雅的姿态,一步一步地走回我的开罗公寓,相信我,我真的没有哭。

94.

是什么时候开始,康晨在我心中成了和拉提夫·雅库比平行的另一条线索?

拉提夫的那条,有浓烈的油彩颜色,红也艳绿也艳,大哭大笑大鱼大肉的那种浓烈。

而康晨的这条淡到若隐若现,却真实存在着。

那么淡,那么轻,被他的冠冕堂皇伤害时,仍旧有维持嘴角笑意的力量。

而以最优雅的姿态和他道晚安之后,却在卸妆的镜子前,发现自己眼里氤氲的惆怅。

不大听中文流行歌,更不是杨丞琳的 fan,却无意中听到那首《暧昧》,记住了一两句:

找不到相爱的证据，但是直觉里我们却有相爱的嫌疑。

像是一场完美犯罪，没有水落石出的那一天。

95.

女鬼从尼罗河里夜游归来，手里扼着一只金色的蛇头。

微裂的硬壳石榴，

因籽粒的饱满而张开了口；

宛若那睿智的头脑，

被自己的心思涨破了头！

我摇摇头，不想和她搞脑子。

我只是不甘心地伸出手，想在空气里捞起点实实在在的东西，哪怕一丁点。

手指徒然张开，慢慢缩成一颗坚硬的小拳头。攥紧以后，什么都没有。

96.

只是生活还不够忙碌。只有真正意义的忙碌,才能把想象力扼杀干净。

想象是幽灵的叹息,它让人沉溺其中,被折磨得筋疲力尽。

埃及年轻人都在谈恋爱。有时我想象那些埃及小婊子们会在你的车上和你亲吻,把手放在你的大腿上,要么在电影院后排的座位上为你BJ……这样的画面经常让我心如刀绞。

你让我脆弱而堕落,康晨也越来越让我心慌,从一开始纯柏拉图的搞脑子,到现在对他有了情欲层面的诸多想象,我不知如何是好。

要逃离你的世界,就去找康晨,想不清楚康晨的时候,再回到你留给我的烂摊子里躲避他,来来回回。

我只好和哒哒去扎玛里克岛 Softel 里的 Buddha Bar 跳舞,无意间发现了同一层楼的赌场。

午夜过后人满为患,筹码丁当作响,男女衣着光鲜。

在桌边坐下,拿出两百美金,抱回几摞红色筹码。同一个桌子上有穿长袍的中东大佬,有在外面看不到的穿低胸短裙的埃及女郎,还有做生意的中国人。

不过没有任何人和我打招呼。

我向制服笔挺的服务生要了威士忌苏打加冰。

然后下注，等待发来的五张牌。

一张张捻开手中牌的刹那是最好的，世界像是音响出了故障，什么都听不到。四张红心，一张方片。我扔两个筹码，多买一张。摸上来，再捻开，哈哈，又一张红心，一副同花顺。看来神也知道爱上你有多痛苦，我该得到补偿。

我押的是100美金，赔给我6倍。我把600美金筹码揽到面前，又推了10美金给发牌boy当小费。

当我在玻璃杯里看到自己面色绯红、精神矍铄的时候，我开始爱上这里。

遇见你之后，很久没这么开心过。

于是我开始隔三差五来这里混，喝不用付钱的威士忌苏打加冰，坐在扑克桌边的高脚凳上。

而每次来的时候，发现里面都是老面孔，中东富豪，埃及最时髦的女郎们，打扮低调出手阔绰的公子哥儿，俄罗斯高级妓女……他们在这里发呆，喝东西，吃牛排，互相观望。

他们和我一样。

Lonely, a kind of lonely.

97.

躲闪了一个月,康晨依旧没搬到 Smart Village 去,听说他现在需要每天花 2 - 3 个小时在往返办公室的路上。

我有时禁不住想,这其中是否有我的原因。

出于场面上的礼貌考虑,还是和康晨若无其事地再次见面。

生日那天的隐秘波澜,只有我和康晨心知肚明,没有任何旁观者。

我已在各种方式的调养中,对康晨启动了全盘防御系统,当我处于这种状态时,人反倒轻松起来。

我不再担心打电话给他是两个人关系的标志,反倒开始挑逗他。甚至和他开玩笑说,我有个美女朋友,可以介绍给商阳做女友。

康晨却仿佛一直在等着一个契机,可以跟我表明态度,给我一个解释。他顺势接话过去说:你介绍给我好了,我其实没有女朋友的。

此话收悉,信不信却是我自己的事。我的笑容依然甜美,顾左右,言其他。

我们之间的关系,从冠冕堂皇的优雅升级到虚情假意的调侃,不知是不是可喜可贺的事。

他的心情始终很 CK,而我有时很 Miss Sixty,有时很 Chanel,有时配合着他也 CK 一下。

有一次我们去附近的Happy Family玩，因为抬杠的时候，我夸下海口说保龄球和九球他都休想赢我，结果他自然要拖我去遛遛。

周五是埃及的大周末，Happy Family里人满为患，原来埃及人在周末喜欢全家出动。游戏厅里，竟然好几对夫妇把刚出生的孩子放在篮子里扔在一边，小夫妻两个忘乎所以地玩射击游戏和碰碰车，一点都不担心孩子被人踩一脚。

至于保龄球馆，更是全家三代齐聚，玩得分数再惨都无所谓，只是坐在场子里。

我和康晨上三楼去开九球。

手鼓和肚皮舞的音乐声震耳欲聋，康晨在拿球杆的时候，我四处寻找音乐来自哪里，然后我发现同在三楼还有一个小礼堂，里面显然正在举行婚礼。

埃及人的热闹婚礼，宾客们在场子中央跳着舞。

我竭力装作很平静，跟在康晨身后，从礼堂的大门口经过，门上有漂亮的白色丝带扎成的蝴蝶结。

眼角余光扫一眼里面的场景，新娘正在绕着新郎跳肚皮舞，媚眼娇俏，周围围着里一圈外一圈的亲眷，她应该是幸福而快乐的。

我觉得在接下来的任何一秒钟，我都会哭出来。

康晨没有注意到我的心事，反正就算他注意到了，也会一样装作不知道。

他一点也没手下留情，或者起码满足一下我的虚荣心，认真地把弹球一 个又一个推入洞口，不给我任何胜利的幻想。

我输得一塌糊涂，而他得意忘形，一头撞在擦得过于干净的玻璃墙上，被反弹回来好几步，像是卡通片里被捉弄的倒霉蛋一样。

听说，得意忘形总是有代价的哦，我揶揄他。

婚礼的声音越来越吵，我这边哭，那边笑，两个眼睛开大炮。

98.

和康晨的僵局如此，也许只能怪我的摩登父母。

我的父母可能是世界上最浪漫最前卫的父母，从他们给我起的名字就能看出点端倪来。这中文名字是和英文名字一起从我出生就配套好的，拼写出来是 Leung Vichy，从小他们就中文名和英文名轮番叫我，和我的同龄人们看港剧或者赶时髦起英文名的经历自有不同。

我生下来还没学会走路的时候，他们时常把我放在一个肯定爬不出去的澡盆里，扔个新玩具，然后打扮得跟黄金时代的金枝玉叶似的，把我反锁在家里，手拉手看电影去。

我的记忆里，父母一贯保持着明星风范，父亲有很多拉风的蛤蟆镜和白皮鞋，母亲在满大街爆炸头的时候只尝试波波头和简洁风格。所有的时髦似乎都是来自他们骨子里，他们不需要时尚杂志就比现在那批人潮上一百倍。他们也不是那个年代的留洋派。

我上高中的时候才开始流行的情人节、女孩节、男孩节、白色情人节、父亲节、母亲节，我的父母是在我记事开始就理所当然地隆重对待的，和中国传统节日一个级别，他们也并不厚此薄彼。

在凭票买彩电的时代，我的家里就有意大利进口的咖啡机，他们熟悉不同产地咖啡豆口味的特点，也知道怎样做一杯无可挑剔的摩卡、拿铁、卡布其诺，后来在中国忽然被某一群人认为是时髦的东西，在我们家从小就是习以为常的，包括早餐的法兰西多士和培根煎蛋之类。我对咖啡因的依赖也是完全的家庭传统习惯。

即使现在他们已经退休，我的水瓶座老妈依然有兴趣玩魔兽，老爸的 facebook 上朋友不下 700 人。

他们的做派让我成为推崇温良贤惠的中国男人们不敢亲近的强势女子。

我只有和西方男人约会交往的概念，不是我崇洋媚外，年龄和国籍根本是忽略不计的项目，只是适合不适合的问题。如果有中国男人可以脱离既定的中庸保守，那么我也愿意接受约会交往的邀请。

至今为止，康晨是第一个敢走近我的中国男人，我却一点儿都不知道是怎么回事。

99.

一般周五晚上要出去找乐子,我和哒哒下午洗澡后,浑身会涂上柑橘口味婴儿油。

婴儿油要三小时左右才能被完全吸收,所以在这段时间里我们会光着身子,在公寓里走来走去,光着身子看书,光着身子吃东西。

一个我们照例身上涂满婴儿油的赤裸的周五下午,欧摩尔老先生出现在我们的大门猫眼里。

他隔着门说,带来了你的消息。

我的心跳得如罐中活虾,赶忙套了件衣服让他进来。

他神情凝重,欲言又止。等他把手里的烟抽完,告诉我:我又去了一次你上次给我的地址,碰巧遇见曾经的门房,他告诉我,东家的守墓人家里有个儿子好像是做导游的,会说中文。

然后像是不忍再看我,老先生放下一个信封,起身告辞。

信封里有两个阿拉伯语地址:

死人城,法鲁克家族公墓。

罕哈利利市场,纳蒂亚银店楼上。

100.

一纸婚书作废的时候，离万圣节还有三天。

我在公寓里翻箱倒柜，想把那张签过字的纸找出来，再看一遍，以我现在的阿拉伯语水平，应该可以看明白上面的内容了。

而这时，才发现一系列疯狂恍惚的日子之后，我连把它放在哪里都记不起来了。

无论如何，可喜可贺。

从现在起，我和任何男人鬼混，穿多短的裙子，你都无权把我杀掉。

我自由了。

于是周末，我邀康晨一起去家乐福买东西，我是真的开始觉得也许周南南说的是对的。

对我来说，逛超市是最里程碑的形式。

牵手，亲吻，做爱，都不足挂齿，但逛超市不一样。它包含一个人所有最隐秘的情绪，喜好和恐惧。和一个人好好逛一次超市，可以把他很多年的时光一次照个X光。他选什么类型的沐浴露，草药味道的还是水果味道的，是滋润的还是杀菌的？他单买有花样的面包，还是买法国长棍和吐司？会在家里放满水果，还是会放很多泡面？

康晨总是在找滴露消毒液。就像周南南总是要买避孕套。

我的第一任务是买苹果。一袋红苹果,一袋黄苹果,一袋青苹果。

苹果在埃及成了稀罕玩意儿,在国内是上等水果的芭乐、芒果和白金瓜倒是便宜得不得了。但是无论如何,贵也好,便宜也好,我需要苹果。

康晨问我买这么多苹果干什么。

我没有回答。每个人都有自己的小怪癖。

如果我可以在你面前安心地挑卫生巾,问你觉得我用什么味道的洗发水好,那我就是喜欢你的。

101.

撤下了门牌上的雅库比夫妇,换上的是 Miss Vichy Leung。

康晨第一次走进我的 15 街公寓,开罗已经进入冬天了。黑夜里阴冷异常,太阳真正照亮一切要等到中午 12 点以后。

除了婚约失效,我已自动恢复单身状态,还因为门房和他的女儿回乡下去了,康晨来我这里不再有任何麻烦。

大包小包回到家,我不知吃了什么坏东西有点拉肚子,留康晨一个人把东西悉数放进冰箱。

等我的肚子终于有了点眉目,我来到客厅,看到康晨坐在一堆家乐福大号塑料袋面前,正在整理。只是塑料袋而已,收进厨房抽屉里就好了嘛。我不知他在那儿慢条斯理地干什么。

再走近一点，我倒吸一口冷气。

他把每一个塑料袋先摊平，然后拧成长条，在中间一折，最后慢慢打成一个蝴蝶结——老天爷在和我开玩笑还是怎样，康晨的蝴蝶结原来也可以打得那么漂亮，堪称世界上最漂亮的，而且只是用塑料袋。

他十分专注于手里的活儿。

我慌张地去冰箱里拿水喝，就此躲在厨房里不想出去。

102.

哒哒要我一级警备，迎接晚上的万圣派对。

所谓的一级警备，大概没有国际统一标准可言，比如我按上海的标准，以美女为基准，有点"万圣"的意思就可以，不会牺牲自己的色相和身材，只以小恶魔的耳朵、女扮男装之类的小道具意思意思就得。

但当哒哒和另外几个开罗潮人王来接我时，才意识到大事不妙。

他们把豹纹布料撕得破头烂脸裹在身上，耳朵上插着半段兽骨，男友的手里还有长着刺的野人手杖，裸露出的皮肤涂成小麦色，表面上不知怎么种了长而夸张的体毛。而车后面坐的另一个朋友，竟然是仿真得不能再仿真的变形金刚大黄蜂造型。

他们如此 hardcore，我自惭形秽，只好往角落里埋一埋。

车子几乎横穿开罗,来到靠近去亚历山大高速路旁的荒地上。在荒地的深处,是一幢无着无依的别墅。进入大门,里面是音效奇好的惊悚片配乐,巨大的有两层楼高的大荧幕上放着来客们的万圣造型秀。

一看到吧台里的酒精,就感觉这个派对是真的要 high 了。

要了一杯荔枝马天尼,转身和一个埃及白种女人撞个满怀。她剪童花头,穿开衩到大腿的桃红旗袍,眼线让眼角飞扬,倒是抓到了中国女人妆容的精髓。

她打量我,仿佛在研究我是怎样把自己弄得这么逼真。当我用中文朝她问好的时候,她大笑,骂了句 shit,说她该学几句中文来骗人才对。为了和她登对,她的埃及男友打扮成中国武林高手,这个派对开始好玩了。

在开罗,原来是有这么一群有高涨娱乐精神的人们的。

来宾里,我几乎是最轻度 cosplay 的,其他人极尽想象力,天仙和巫婆巫师之类自不必说,这一类的道具和戏服都是可以拍电影那个级别的,有把床单掏几个洞披在头上来当幽灵的,也有全身塞满海绵扮成日本相扑的,扮成侍应的整晚捧着一个有各色精美点心的托盘,每有人被他骗倒,伸手要拿点心,都会被他狠狠亲一口。

泳池边用面粉脸和充血眼睛当吸血鬼的德国学生们用德文打赌能不能邀我跳舞,那边又有消防员、医生和日本武士进场了。全身紧身皮衣戴着金属质地猫科面具的猫女被佐罗扔进了游泳池……

我眯起眼睛,大喝一口酒,再看那个大屏幕时,竟然看到一个古埃及爱神哈索尔装扮的男人,胯间装着一只硕大的勃起的生殖器。

我愕然呆住。雅库比也来参加万圣派对了吗？

爱神满脸油彩，真假莫辨，但一举一动隐含的性意向，都让我觉得如此熟悉。想起那张卢克索卡纳克神庙的壁画，想起去年炎夏和雅库比在神庙和尼罗河上的狂恋情节。

我确定，如果我能仔细看一眼他的屁股，就可以判断他是不是你。

只要一眼。

我把酒杯忙不迭甩在吧台，在人群中披荆斩棘，去找那个扮演埃及爱神的男人。

刚拨开正在调情的白雪公主和印度王子，又冲来一队马赛人护卫队，等我敷衍几句，爱神已经不知去向。

我心中开始害怕，万一那真是我的雅库比该怎么办？

我迷失而不甘，无目的地四处寻找，可是黑色生殖器的古埃及爱神，你到底在这个万圣夜去了哪里？

103.

我回到公寓，决定不能再这样折磨我自己，于是从抽屉里找出了欧摩尔给我的死人城的地址。

死人城街区我一个人不敢贸然闯入，因为报纸上经常看见这个街区频繁的血案，很多由家族恩怨引起。

我开始变得残忍，不顾及康晨的感受。既然他冠冕堂皇，我也若无其事地要他陪我去次死人城。

去找个人。我轻描淡写地说。

至于这人是我什么人，他反正很早以前就见过小秧，心知肚明。

定在一个周五下午。

尤素夫，虱子脸。

谁说你能当头人？

水烟馆里没头没尾地传来一句，红白围巾缠头的说书人指拨一捏，又来一小段。

这一段，那一段，混杂着肚皮舞的轻佻节奏、孩子们的哭闹、鸡鸣狗叫，不断挑拨着我们濒临崩溃的神经。

手心里紧紧攥着小石头，我和康晨乔装成黑衣蒙面穆斯林女子，快步走在开罗撒哈拉丁堡对面死人城小巷里。各守一边，查找墓穴上的铭牌。

我们的出现竟让午后昏昏欲睡的鸡肠小道顷刻躁动起来……

康晨一把扯住我的衣角，眯起眼睛再次确认了一下石头铭牌上龙飞凤舞的阿拉伯语：找到了！

默哈默德·法鲁克家族公墓。

104.

我让康晨在门外等,自己走下地下室。只有上面三分之一的窗户是在地面以上,看出去,孩子们脏脏的光脚丫走过,野狗为了争夺食物而争斗嘶叫,菜农的车轮碾过,女人们五彩的长纱摇曳。

黑黢黢的小房间里,气息浑浊,老油灯边,一个像所有的埃及乌咪一样企鹅身材的老妇正在缝补一件旧衣服。

我透过黑色面纱询问:请问,拉提夫·雅库比在这里吗?

老妇站起身朝我走来,没有回答我,眼睛像老鼠,目光里充满探寻,她反问我:你是谁?

我尽量甜美地笑着说:我是奇奇,来自上海。

一瞬间,老妇的眼里充满了爆米花样膨胀的恨:你就是奇奇?就是你惹怒了沙拉威,让我儿子丢了工作。就是你?!

我目瞪口呆地钉在原地,根本不知她在说什么。

等我反应过来她该是拉提夫的乌咪,她却恶狠狠地将手中那根勾衣针朝我刺过来。我下意识手一挡,一阵钻心的痛传遍全身,那针已经完全扎透了我的手心。我看到血液沿着针飙出,尖叫起来。

而你的乌咪却还喋喋不休,甚至冲着我的膝盖踢过来。她的眼睛怎么那么怨那么恨,让我无法想到一个相称的原因。

我竭力思考着来龙去脉,试图把支离破碎的一切拼成一幅完整的画面,视线却渐渐被密密麻麻的白点淹没。

这时,黑纱蒙面反串阿拉伯姑娘的康晨出现在房间门口。

105.

睁开眼,天花板白得吓人。

康晨的声音很轻:你已经睡了很久了。

我们在房间里别扭地多待了一会儿,他说哒哒已经在赶来看我的路上。

我渐渐恢复了意识,想起死人城里发生的种种,隐约记得,康晨和拉提夫的母亲有一段对话。

我问他:你和拉提夫的母亲讲了什么?

他没有任何情绪地说:我学的是夫斯哈,土语听不懂,不可能和她交谈。然后平静地告诉我,他要回上海休年假一个月。

他起身告辞。

门被里一道外一道地关上。只剩我一个人泡在混沌的寂静里。

康晨这次沉默地离开之后,我才觉得他的背影是有伤痕的。

他表面上的冠冕堂皇与波澜不惊,总是让我把他当铁石心肠对待,一直到现在。

那个疑似有蓝月亮的夜晚，他站在桑椹树下的身影，此刻点燃小簇的文火，慢慢灼痛我的周身。

106.

康晨回上海的第三天，微波炉噩梦再次降临。

叮的一声后，我拉开炉门，是烤焦的硕大黑色生殖器。

是你的，或者是卢克索壁画上的爱神哈索尔的。

我没有惊慌失措，仿佛这一次不是被人恶作剧，而是我自己一手放进微波炉去的。我心满意足地戴上防烫手套，把托盘取出，用牙签挑起黑糊糊的烤香肠一样的东西，扔到 15 街上，一群饥饿的野狗呼啸而来。

我没有从这个微波炉之梦中惊醒，我在梦中看着野狗疯狂地撕咬完最后一块。

一觉睡到天亮。

第二天我买了一张海湾航空飞上海的机票。

在巴林转机的时候，我在机场的咖啡店里坐下来，把脸压在玻璃墙面上，眼睛鼻子嘴巴都扁扁的，很多往事随着眼前匆匆的人流闪回。

徒劳也好，无聊也罢，我想知道是否这个世界还有什么是我自己能把握的，比如和康晨之间？

107.

时间和地点是很有趣的元素。

两条绝望的平行线,可以在特点的角度看过去合成同一条线。而两条相交的直线,却可能在交点之后,越岔越远。

这可以套用在回到上海的我和康晨身上。

回到熟悉的城市里,本想和康晨一起去听他喜欢的陈奕迅,但Eason的档期跟我们的不衬,够配合的倒是我爱的陈绮贞。

上海能够提供的小日子场景有很多,开始想象和康晨穿着睡衣半夜出来吃夜宵的场景,在商务楼大厅角落的咖啡店等他的样子,去 boutique 淘小物件的样子。

都是温暖的。

曾经去埃及时内心决绝,一心要在开罗和雅库比完婚,所以把公寓租给一个台湾房客。现在自己倒要住酒店。

在酒店大床上醒来,第一眼,窗外瓢泼大雨,一街水色,我的心情是冷血动物,无法调节,总是跟随着天气变化。

习惯了埃及的干燥,很久没看到过这样的下雨景象。吃早饭时联想到地上的雨水冷冷打湿裤脚的粘腻感觉,一切都和我设想的不一样了。

先去建国路上的DVD店淘一些碟,然后去《良景》传媒看周南南,她这段时间开始喜欢戴小尺码的装饰礼帽,就是需要卡子别在头发上的那种。她的MSN头像每天换一款,今天她戴了一只全部用黑珍珠拼出来的小礼帽,斜斜地插在头顶三分之一的地方。

唷,90后小姑娘戴这个你也跟着戴。我揶揄。

是一看我戴,全国才开始跟风戴起来的,我也没办法。她耸肩,不以为然的一姐表情和在圣西女校做大会发言时没有任何出入。

助手很快端上两个薄瓷杯子,老样子,给她的是碧螺春,给我的是浓咖啡,一盘迷你小曲奇两人分享。

很久没到她二楼阳台蹭咖啡,上海还是这种梧桐深深的地方好,浦东新区路越宽楼越高只能更显得没底气。从《良景》的阳台看得见大半衡山路上的风景,而且我和康晨约好见面的地方就在对面的香樟花园。

周南南适时问起你这多毛的小子,我杀她个措手不及:什么多毛小子?记者乱写的吧,我最近事业很忙。今晚本姑娘要和一个全A优等生去听陈绮贞的演唱会

她终于眉开眼笑。早这么听我话不就得了。知错就改,还是好孩子!

我未置可否,舔了舔嘴边的咖啡沫。

108.

傍晚五点,大雨依旧没有停息。

康晨朝我栖身的小桌走来,出人意料地全身没有 CK logo,简单的黑色 polo 羊绒衫外套了件人字尼外套,鼻梁上架了副黑框眼镜,不知是不是为了拗造型。

我们都在看到对方的第一眼愣了一下。哈哈,两个人都剪了新发型。

没有了开罗的背景,也没有任何从开罗延续下来的外形特征,我们的碰面变得有点突兀。

他从韩剧小生变回一颗子弹头,我从中长埃及艳后头变作超短波波头。联系时也从埃及 Etisalat 换作中国移动。回到上海的我们,找不到开罗玛阿帝的康晨和梁薇奇的影子,成了崭新的两个人。

这是我和他熟悉的城市,我们熟悉每一条街名后隐含的人文概念,也听得出本帮语言里的潜台词。

我们透明得无处躲藏。

在这个会下雨的浮华城市,他和四周皮肤细嫩笑容清淡的 office 男子太过相像,界限模糊。他开始让我陌生而不安。

这一刻,我更加清晰地知道,如果没有去埃及,我和他不会有任何交集。

我依然是会在任何场合吸引欧美男人的张扬女子，康晨依然会选择和他一样低调乖巧的女子。如果我和他在某个街角擦肩而过，可能连目光都不会交错。

讲到陈绮贞，不知怎么讲起了豆瓣网。康晨说从没听说过这个文艺青年们聚集的网站，我笑了笑，知道我和他很不同。

没想到，我的这个笑容让他的眉宇间瞬间闪动复杂而强烈的情绪，也许是觉得我是在笑话他，还是觉得有什么更深的消极意义，他的手指在桌面上敲了几下。

轮到我不知该怎样面对他，非常迷惑，开罗时每每惊艳于他超越年纪的冷静沉着大气，为什么回到上海却有了一鳞半爪的破绽？

唔，是的，我确实笑了笑。但那是因为我觉得这很可爱，就像他会玩的魔兽，我却一窍不通；他带我去 Basin & Robins，我都不知道那是吃冰淇淋的地方；他熟悉的歌，我需要找专业跑音乐线的记者开出歌单偷偷练习。我从不会觉得他会笑话我，因为从一开始我们就是完全不同的两个人，而这些不同，都是我们有待探知与理解的课题，和谁优谁劣、笑话不笑话，根本就没关系。而他却在我的笑容前，局促不安。

怎么这种层面的问题，在经度 31 度的开罗，我和康晨之间没有半根筋涉及，回到上海却很快面临考验？

地理问题离心理问题只有寸步之遥吧。

我竭力掩饰情绪上的变化，提醒自己可以穿得嫩，却不能像 16 岁的小女生那样情绪化。迅速开始点单，讨论菜式是永远的灵丹妙药。

肚子饱了,人就麻醉了。我点了喜欢的水果香樟鸭色拉和花生冰沙,他回国来被家里成天逼着吃大鱼大肉,倒是只想吃生黄瓜。

依然可以继续一些小话题,诸如他的巴黎培训,我在偷学的首饰设计。

吃完东西,离演唱会开始还有一小时,像在开罗打发时间时一样,我们去美罗城的地下打街机。电动室里的电子音乐总是可以顷刻让人快乐。我买来50个游戏币,给他一半。

噩梦又在2003年重现,潘多拉的宝盒又一次打开,我们是坐以待毙,还是全力以赴?

我们又成了手拿冲锋枪的James和Kate。

他和她有铁血丹心,生死危情,我们似乎只有在这样的场景里才能逃脱奄奄一息。

在开罗,我们一起尖叫,扫射不断扑来的恶鬼和怪物,身边总是被各色观众包围,我们是很酷的一对外国情侣。

而在上海的美罗城,没有人围观,没有人注意,我们是市井人生里一对平凡的小男女。

就这样流连于死亡之屋,不敢面对现实的上海,我们竟然与陈绮贞演唱会的开场失之交臂。

一看表,竟然开场已有20分钟了。

109.

我和康晨赶到上海大舞台的时候，陈绮贞已经唱到《还是会寂寞》。

这个应该被静静聆听的歌者，站在喧闹的舞台上，台下喊着恶俗的我爱你，她只能敷衍地回应。

那不是我想看到的一幕。

她该是孤独的，只有一束冷色追光打在她的身上，听者都很安静，除了音乐，别无其他。

听歌的时候，我会认真而专注，在很多与文字音乐舞蹈相关的时刻，我会显得冷漠，甚至灵魂出窍，完全忘记身在何处，身边是怎样的人。

我一直没听到最爱的《旅行的意义》。

安可女王果然名不虚传，多次返场，几乎等于又加一场两小时的演出。

康晨有点焦躁，显然陈式的自语呢哝不是他的范儿。他那么沉稳不动声色，平日在开罗从没有任何一刻流露出不耐烦或者焦躁的神色，怎么回到上海，竟这么明晃晃地失却糖衣包装。

每一次安可之后，他都说，个趟个只赤佬不会再出来了吧。他回到上海，少了些韩剧范儿，却多了点儿小混混的腔调。也好，男儿本色说点粗话没什么不好。

她又唱了《小步舞曲》和《告诉我》。

没有,我还是没听到《旅行的意义》。

而康晨的鞋子在地面上磕着,我知道他真的坐不住了。

我理解他的逻辑和理智,如果比别人早一首歌出来,就很容易杀出重围快速回家,如果和大家一起淹没在演唱会散场的人流里,浪费成倍的时间,确实不划算。

为什么最让我感动的他的耐心与沉稳却在上海变了样?是我深深伤害了他,他已经决然用另一种方式来对待我?还是这就是他在上海的样子?

我朝台上留恋地看了一眼,跟在他身后走出去。

当我们走出体育场,身后又一次欢呼雀跃,熟悉的旋律终于响起。我的心中有个声音在呼唤,我顾不得康晨的脚步,任性地朝现场狂奔而去。

当我大声地和着歌者唱出意境辽阔的句子,那些下雪的背景,记忆中的土耳其,夜的巴黎,在眼前逐一轮换。我确定自己就是歌词中那样累计许多旅行,收集地图上每一次风和日丽,但却真的说不出爱与不爱,都是为了什么。

你说不出爱我的原因,所以你问你自己,为什么你要爱上我这个邪恶的中国女人?

我也说不出爱你的原因,我也问我自己,为什么我要爱上你这个驴脾气又蛮不讲理的埃及王八蛋?

至于康晨，更是什么都模糊，什么都说不出，只有些冠冕堂皇和云淡风轻的小倔强。

你我他，你们我们他们，都一个样。

每一个人，其实什么都说不出。却依旧读着晦涩的象征主义诗歌，依旧用各种圣经宝典去爱一个不知脑袋里有什么的人，希望给一切一个解释。

慢慢的，我们就老了，会得老年痴呆，就什么都不想了，也就好了。

110.

过完春节，漫无目的地回到开罗。是漫无目的，真的不知道为什么还要待在这里，又为什么不能离开。

冬天已经过去，天气逐渐暖起来。

被拉提夫乌味戳的那一针，渐渐愈合，只留下个褐色的圆点。

阳光灿烂的周六午后，CSA 花园里熙熙攘攘地坐满外国人。

菲佣们带着调皮的小孩子玩耍，各国学生们摆出自己的手工创意作品叫卖。

哒哒还没到，我在贴得花花绿绿的海报栏前浏览着开罗这一角的各项讯息。每次站在这个海报栏前，总是有种人山人海全是过客的荒芜感。

有人要回国,把全部家当列在纸上标了极便宜的价格转让,而那上面竟然有宠物有植物也有名贵瓷器,不像是只想来开罗暂住的状态;也有初来乍到的人要找人一起去沙漠露营;还有各种要自带酒水的 bottle party 邀请。天主教和基督教教会讲座的讯息也占了一席之地。最搞笑的是一则座谈会邀请,主题是:我有一个埃及老公。看来嫁个埃及男人确实是让全世界女人都头疼的问题,竟然到了需要开专题研讨会的地步。我也算心理平衡不少。

身后传来一声 TU - HE,哒哒驾到。

穿着马裤长靴和男式夹克,画着上挑的绿眼线,右耳七个耳洞上穿了三个耳环。她依然帅得很性感。

我们买了大杯的摩卡和干果麦分,在有遮阳伞的位子上坐下。她二话没说从帆布大包里拿出圣旨,原来是巴勒斯坦人权组织的邀请函。

我一边接过来,一边打心底里为她高兴。

人生就该是这样,要敢于异想天开,什么联合国秘书长呀,诺贝尔文学奖呀,我们就相信哪怕世界末日只有两个人能幸存,那名额也是归我们所有。如此,大千世界总会在面前芝麻开门,展现出凡夫俗子们看不到的那一面。

说好了,去罕哈利利市场逛。

羊肠小径错综复杂,堆满古老的房屋。

黄昏的祷告声,从奥斯曼帝国时期的古老清真寺里悠扬传来,罕哈利利市场的声嘶力竭一点都听不见。

是谁的母亲头顶成摞刚出炉的大饼疲惫地走过银器店?

又是谁的兄弟在烈日下背着沉重的铜壶叫卖卡卡滴?

饥饿的孩子们赤脚奔跑在白人身后,索要一块美金,一颗糖果。

世界各地的游客们聚集于此,寻找爱的灵猫,永生的蜣螂,正义的羽毛,荷鲁斯的眼睛。来寻找英雄,寻找奇迹,寻找尼罗河生生不息的浪漫传说。

而我们最后到底找到了什么?

我站在那幢据说你总是在周五下午全城的男人都在大礼拜的时候去的地方。

被你乌咪的勾衣针戳透的手心圆孔,已经是个旧伤口。也许还会隐隐作痛一阵,但总有一天,会好了伤疤忘了疼。

哒哒只是安静地站在我身边。

我挣扎了半分钟,决定转身,背对着与你有关或者无关的那幢老房子,大步大步走开去。

从侯赛因清真寺那边传来两声震耳欲聋的爆破音,在离我不远的地方发生了爆炸,房屋和玻璃的碎片四溅……

我扑倒在地,周围顷刻哭天喊地,肯定出了人命,人流像漩涡一样搅动,我闻到空气中血腥的气息。

在最初的惊恐过后,我依然脸贴在污迹斑斑的地面上,胳膊盖住整个脑袋,但我一直记得,第一个清晰而坚定地出现在我脑海里的想法是:拉提夫·雅库比最好刚才正好经过爆炸的中心地带,最好你现在血肉模糊,魂飞魄散……

我是如此清醒而坚定地希望你死去，碎尸万段，五马分尸，怎样惨烈就怎样死去。我知道，我希望以某种无法挽回的决绝，来结束一切，也拯救自己。反正你死了，我也才能心死。而心死身存，是我最好的生存状态。

这种希望你暴死的念头呼啸而过之后，我才感觉到我的身体在流血，从一个小口子慢慢被抽离的液体，疼痛都已无所谓。

这天是 2009 年 2 月 23 日，全世界的新闻频道几小时后将轮番把镜头聚焦于此。

我在爆炸后的粉尘中走出。

111.

天黑了，像是一幅隐形幕布落下。

我拦下一辆白色计程车，只想快点回 15 街去整理行李。越是急着要穿过开罗老城区，越是堵得厉害。

路边树阴下卖无花果的小摊上，站着一名全身从头到脚蒙着黑纱连眼睛都敷着细密丝网的穆斯林孕妇，挺着很大的肚子，手推车里还有一个小婴儿，她在无花果堆里翻捡着。

她猛然发现坐在车中的我，立刻投过一道我熟悉的好奇的目光，即便隔着一层黑丝网，即便隔着车水马龙，隔着夜色，我还是很清晰地感受到，那是渴望另一种生活的阿伊莎。

她猛地朝我挥起手来，声嘶力竭地呼喊着我的名字：奇奇！奇奇！一个戴白色圆帽子的穆斯林男子就在她身边。

车流开始前移，司机发动引擎，我强迫自己钉坐在车里，朝她尽量轻松地微笑着，挥着手，打着手势让她保重。

玛阿萨拉玛，阿伊莎！

玛阿萨拉玛！玛阿萨拉玛！

多保重，阿伊莎！一定要平安！

我记得她黑色长手套下只用散沫花叶染成红色的指尖，以及派对晚归第二日在教室里摘下面纱时脸上的瘀青。

彼时放学后的烈阳下，她朝我摊开戴着黑色手套的手掌，手心里是刚刚采下的三颗无花果。

我只能奋力地示意她待在原地，不要动！不许动！一边用阿拉伯语对司机说，快，快点开走！

生活簌簌向前，我这样软弱，无法停留。

112.

我开始怀疑我生活中的人都可能从某一刻起不在服务区，留我一个人不明就里。

之前之后都没有征兆没有痕迹,很多人很多事都不了了之。

这是我不能接受的。可以告别得惨烈,却不能消失不见,这是我固执的弱点。

我在午后的爆裂阳光里踉跄回到玛阿帝15街。

猜猜看,我的手心里有什么?猜对了,宝贝就归你。眼角有绿荧荧眼泪的女鬼还是不依不饶地拦下我。

我盯着她看了三秒钟。没有,什么也没有。我很肯定地回答。

摊开手,给我看一看,被我猜对了吧?我得意洋洋。

可是我不会摊开手。很多事情不是你说怎样就怎样的,你所能做的只是试着接受这才是最正常的状态,寻找真相和解释,只是一种强迫症。

她似笑非笑,用另一只手从空气深处摸出一只红苹果,摇头晃脑吃起来,沿着15街的单行道,疯疯癫癫地,渐行渐远。

我一度的确定,因为她不曾摊开手,开始动摇。

她的手心里真的什么也没有吗?

人类的内心复杂多变,犹如世界上最花样百出的万花筒,看进去之前还有最基本的清醒,一旦好奇地看进去,想看个究竟,却只是头晕目眩。

也许,不是所有的故事都有结局,不是所有的问题都有答案。

113.

其实我就是流泪的女鬼。

在每一个午夜自言自语。

一口一口吃苹果。

快乐的是黄苹果,悲伤的是绿苹果,而吃红苹果的时候,我会微笑着想起我爱过爱着将爱未爱的男人们。

因为,他们说,红苹果都是伊甸园里采摘下来的。

吃苹果的时候,我时常坐在电视前。我看过很多情节雷同的埃及肥皂剧。

其中一个:贫民窟里和母亲相依为命的小男孩,被母亲送到街区的裁缝店里做学徒。裁缝师傅是个娘娘腔老头,跟他约法三章做错事就要去地下室。而在那个暗无天日的小房间里,犯了错的小男孩被勒令脱掉裤子。

另一个故事:杂货店老板的女孩深深爱着店里的小工,但父亲却执意把她嫁给出得起昂贵聘礼的头人之子,于是从下聘之日起就把女儿囚禁在家。新婚之日,亲朋好友都聚集在新人新房楼下,等待新郎亮出处女之证,而洞房里的杂货店老板之女却掏出了小刀,不肯遵从。于是杂货店老板夫妇闯入洞房,把女儿按倒在床上,让新郎完成破处仪式。

楼下的人们看到有血迹的白布后,敲锣打鼓而去。

再有一个:聪明又勤奋的少年,从小学到大学一路优等,而在毕业找工作面试时,被问到的问题只有一个:你的父亲是做什么的?答曰:门房。然后面试官露出了鄙夷的笑容。优等生最后回到街区,接替父亲做了门房,看着挂满破衣服的屋顶发呆。后来他去参加了极端宗教组织,想要靠革命改变自己的命运,在血腥镇压中被击毙。

这样的情节,在埃及的影视剧里司空见惯,我自己都能当编剧了。

在看到雷同的此类剧情时,我时常想起你,想起哒哒,想起阿伊莎,还有在埃及遇到的形形色色的人们。

我衷心希望一切都是虚构,如有雷同,纯属巧合。

114.

还是来时的三只 28 寸亮红 Rimowa,我和它们一起在 15 街 13 号公寓里静坐了十分钟。

小工进门来搬行李。

我把抽了一半的烟在烟缸中捻灭,怕死灰复燃,又多捻了一下,像是面对某个引起我激烈情绪的人,将死未死之际,上去扼住咽喉,狠狠扼下去,直到扼灭他最后一次呼吸。

我起身,理了理裙摆上的褶痕,走出门去。

从罕哈利利市场的大爆炸后，一直灰头土脸，皮肤渗着一层油脂。

经过 Degla 广场的非洲老树时，我又打了一串喷嚏。

之后，车子离 15 街越来越远，慢慢驶出了玛阿帝，尼罗河绿洲里的古树昏鸦都睡着了。

这一次我头昏脑涨蓬头垢面心慌意乱没刷牙没洗脸，一路来到开罗机场的登机口，终于没有被任何人撞见。

北非大陆，日光倾城。那就这样吧。

后　记

Lushoto 是坦桑尼亚境内的高山小镇，到了这里，离乞力马扎罗雪山就不远了。而到了这里，与埃及的故事已经没有瓜葛了。

我的生活，一直是在不停的地理位置转换间，切换着出场人物与道具背景。对我的过往略有关注的人，都会看出这个叫做《北非，摇摇摇》的故事，或多或少设置在我自己的情感框架里，但要探究究竟几分真，几分假，我只能说：看过算数，既往不咎。

不是我故意含混，而是每写一个故事，我都挪动生活中的原生素材，它们被搬动，被戏剧化，被张冠李戴，之后发现已无法还原，自己也说不清哪些细节是真的，哪些是假的，只能浑浑噩噩地过下去，这大概是一个作家既定的代价。积极的一面是，生活中，无论遇到怎样的情况，我都满不在乎，觉得只是个故事而已，转过身就忘了。

就像今年三月决定离开埃及，是痛的，但也不过是几天的痛而已。

就像今年后来站上《非诚勿扰》的5号台，是迷幻的，但下得台来，没有间隔就飞到欧洲过夏天，那点儿台上的浮躁，很快就恢复到游离态中的清醒。

就像十月的时候，在肯尼亚的“地狱之门”被猛兽袭击，摔碎了胳膊，也觉得极不真实，像是看着电影里被化妆师调制出来的受伤效果。

算了，北非已过，现在进入东非地界。

随它发生什么，主角是谁，不过一个新故事。

中国桃
LUSHOTO，坦桑尼亚
2010年11月28日

图书在版编目（CIP）数据

北非，摇摇摇/中国桃著.-上海：上海文艺出版社.2011.4
ISBN 978-7-5321-4083-1
Ⅰ.①北… Ⅱ.①中… Ⅲ.①长篇小说-中国-当代
Ⅳ.①I247.5
中国版本图书馆 CIP 数据核字（2011）第 034263 号

责任编辑：于　晨
装帧设计：钱　祯

北非，摇摇摇
中国桃 著
上海文艺出版社出版、发行
上海绍兴路 74 号
新华书店经销　上海交大印务有限公司印刷
开本 890×1240　1/32　印张 7.875　插页 2　字数 183,000
2011 年 4 月第 1 版　2011 年 4 月第 1 次印刷
ISBN 978-7-5321-4083-1/I・3149　　定价：23.00 元